死亡フラグが立つ前に

七尾与史

宝島社
文庫

宝島社

目次

【死亡フラグ】

映画や漫画、ドラマなどで近い将来に登場キャラクターの死亡を予感させる伏線のこと。キャラクターがそれらの言動をとることを「死亡フラグが立つ」という。

①「俺、故郷に帰ったら恋人と結婚するんだ」としんみり語る　②「先に逃げろ、ここは俺が食い止める！」とかっこつける　③主人公より早く真犯人に気づいて「分かったぞ！　犯人はあいつだ」となぜか犯人を名指ししない　④嵐の日に「ちょっと船を見に行ってくる」と外に出る　⑤主人公の前に「まずはワシを倒してからじゃ」と立ちはだかる　⑥追いつめられて「や、やめろ、金ならやる、いくらでも持ってけ」と交渉を始める　⑦ヤクザが脈絡もなく人間的な優しさを見せる、もしくは足を洗う　⑧「ここは○○様が出るまでもありません。私にお任せください」と出しゃばる……などなど。こういうキャラは大抵死にます。

死亡フラグが立ちましたのずっと前

僕と本宮《もとみや》さんの出会いは人類滅亡の年だった。

ノストラダムスの大予言。

そう一九九九年のことである。

僕は都立順風《じゅんぷう》高校の二年生だった。テストの成績も身長も出席番号も、マラソンの順位も中の中。学級カースト制において僕はいつも真ん中に位置していた。担任教師はテストを配るとき、

「平均点は六十五点」

と集計もせずに言った。僕の点数がクラスの平均点だからである。だから僕の答案は彼らに重宝された。担任はそんな僕を「アベレージ選手権があったら優勝間違いなしだよ。これはこれで立派なことだ」と褒めてくれた。ちっとも嬉《うれ》しくなかった。

自分の小学生時代を思い出す。僕は卒業文集に「ヒーローになりたい」と書いた。もちろんそれが夢に過ぎないことはさすがに分かっていた。それでも書かずにいられなかったところをみると、僕は本気で憧れていたんだと思う。時々、クラスで一番人気の女子を悪の手から救い出している自分の姿を夢想してニヤニヤしていた。あの年代の男の子なら誰でもそうだろう。

そんな僕は本当のヒーローと出逢《であ》うことになる。

あれは忘れもしない六月の末日だった。

僕は新聞部に所属していた。将来はジャーナリスト志望だったのだ。その夢は「五流雑誌の最底辺のライター」とか「使い捨て同然のワーキングプア」という形で叶《かな》うことになるのだが、あのころの僕は自分の将来に少なからず明るい希望を抱いていた。社会の闇や矛盾を暴き出して世の中を変えていこう——みたいな青臭《あおくさ》いことを大真面目《おおまじめ》に考えていた。

放課後、部室に入ると三年生で部長の藤森和美《ふじもりかずみ》が僕を待っていた。剥《む》きたての卵を思わせる小さな顔に小ぶりで整った目鼻立ち。艶《つや》やかな黒髪は蛍光灯の光を反射させてところどころ白く光っている。白いセーラー服の皺《しわ》を伸ばすような立体的に突き出たバスト。思わず見惚《みほ》れてしまう、間違いなく順風高校ナンバーワンの美少女だが僕は彼女が大の苦手だった。

僕は人生の中で「あんたの血は何色だ⁉」と問い詰めたくなるような非人道的且《か》つ理不尽な女性を二人知っている。一人は雑誌ライターになった僕の上司で編集長である岩波美里《いわなみみさと》、そしてもう一人が藤森である。ずっとずっとあとで知ったことだがこの二人は親戚《しんせき》関係だという。たしかに顔立ちや体型も似ているが、この邪悪な性格はやはり血筋によるものだ。

藤森は不自然に突き出たバストの前で腕を組みながら、心底蔑《さげす》むような冷えた目で僕を見る。そんなふうに見つめられると自分がダニやウジやゴキブリになったような気分になる。

新聞部の手がける「順風タイムス」は月刊で各学級の掲示板に貼り出されている。その中で僕は「順風高校オカルト倶楽部《くらぶ》」というコラムを担当していた。校内で噂《うわさ》されている心霊現象や都市伝説のたぐいを検証するという内容だ。大人になった僕は『アーバン・レジェンド』という都市伝説を扱った雑誌で似たような記事を書いているわけだが、僕は心霊やUFOなんてまるで興味がないし、そもそも星占いだってまったく信じてなかった。それはプロのライターになった今でも変わらない。

その日は七月の特集記事の打ち合わせのために彼女に呼び出されたというわけである。部室では藤森と二人きりだった。部長である彼女の理不尽な性格についていけず、僕以外の部員は退部してしまった。中にはメンタルにダメージを受けて心療内科でカウンセリングを受けている元部員もいるという話だ。そんな状況で僕がやめなかったのもジャーナリストへの憧れが強かったというより、藤森にある弱みを握られて脅迫されていたからだ。当時の僕は胃薬を常備しながら記事を書いていた。

「明日から七月よ。というわけでノストラダムスの大予言を特集するわ」

僕は頷《うなず》いた。ここ最近のテレビの話題でもある。ノストラダムスが予言する恐怖の大王が降りてくる日が一九九九年の七月とされている。たしかにオカルト記事のネタとしてはうってつけだろう。

「だけど順風高校とノストラダムスって結びつきますかねえ」

記事はあくまで校内の出来事に限られている。これは順風タイムスにおける歴代のコンセプトでもある。

「結びつけなさいよ」

彼女が冷ややかに言い放つ。僕は思わず「はあ?」と間抜けな声で聞き返す。

「いやいやいや……。どう考えたって結びつかないでしょう」

彼女と顔を合わせれば必ず一回は理不尽な思いを味わえる。

「あなたの知能は猿以下なの? クロマニョン人だってもう少し賢いわ」

「悪かったですね。そもそもどうやってノストラダムスとうちの高校を結びつけるんですか」

この程度の罵詈《ばり》雑言《ぞうごん》や理不尽は慣れた。入部したてのころは血尿が出たが。

「あなた、ノストラダムスって知ってるでしょう」

「はい。人類のリセットを目論《もくろ》んでいる秘密結社ですね」

オカルトを手がけているだけあってそのくらいの知識はあった。

「この世の中には人類なんて滅亡しちゃえばいいって思っている連中がいます。厳密には完全滅亡じゃなくて選ばれた一握りの優秀な人間だけ生き残って、一から人類を再構成する。そうやってユートピアを作りましょうなんてことを大真面目に思っている集団です」
　まるで子供の漫画やアニメみたいな話だが、僕はさらに解説を続けた。といっても
それらは青少年向けのオカルト雑誌から仕入れた知識である。
「ところがですね、ノストラダムスの予言を別解釈している学者がいるんですよ。普
通に読めば〈一九九九年七月に恐怖の大王が降りてくる〉なんですが、言葉の意味を
変えて読めば〈救世主が降臨〉にも取ることができるんです。オランダのニコラス・
フェルメール教授は破壊者と救世主が同時に現れる、予言の文章はいわゆるダブルミ
ーニングだと主張しています」
　つまりその救世主が人類を滅亡から救ってくれるというわけだ。
「その救世主を阻止しようと企てているのがノストランズというわけですよ」
　僕は得意になって一本指を立てた。とはいえ僕はノストラダムスの予言やノストラ
ンズ、ましてや救世主の存在も信じてない。
「だから結びつくじゃない」
「はい？」
　僕は再び間抜けな声を上げる。彼女とではまともな会話が成立しない。
「破局的に頭が悪いわねぇ。この学校に救世主がいれば記事が書けるって言ってんの」
　僕は言葉を失った。理不尽の極みを投げかける彼女の表情に一点の曇りもない。

「というわけで企画が決まったわ。〈本校生徒が人類滅亡を救う！　救世主はAさん〉」

彼女は黒板に記事の見出しを書きつけた。

「まずは救世主Aさんを見つけ出してきて。そしてあなたがノストランズの魔の手からAさんを守る。Aさんが人類滅亡を阻止するシーンをキャッチする。最後にヒーローインタビューよ！」

藤森は黒板を手のひらで叩《たた》きながら熱っぽく流れを展開させた。あまりの不条理に僕は目まいがしてよろめいた。

「記事の締め切りはギリギリ待っても一週間後ね」

新聞の発行は毎月十日と決まっている。

「いくらなんでもムチャクチャだ。そんな記事が書けたらピュリツァー賞を獲《と》れますよ！」

「陣内《じんない》くん、分かってるよね。あなたには選択権がない。望月《もちづき》先生にはいつでも証拠写真を提出できるのよ」

僕は喉を鳴らした。

以前、体育教師の望月《もちづき》に理不尽な理由で体育館トイレの罰掃除を命じられた。頭にきた僕は腹いせに彼の愛車の運手席扉に十円玉で「天誅《てんちゅう》」と刻んでやったのだ。その現場を藤森に撮影されてしまった。そんな写真が望月の目に触れたらとんでもないことになる。その仕打ちを想像するだけで背筋が凍りつきそうだ。それ以来、僕は藤森のシモベに成り下がっている。

「この記事がうまくいけば、部長である私の内申点に反映されて大学の推薦がとれるの。私の将来はあなたにかかってるんだからね。しっかりお願いよ」

　藤森は氷のように冷たい手のひらで僕の頰《ほお》をさっと撫《な》でると、高らかに笑いながら部屋を出て行った。

＊＊＊＊＊＊＊＊＊

　次の日。

　僕は体育館の一番奥の隅っこに立っていた。コートのほとんどをバレー部とバスケット部が使っている。彼らに追いやられるようにバドミントン部は、片隅の方にコート一面分だけを与えられている。一年生だろうか。女子部員二人がセンターにネットを張っていた。

「君は入部希望なの？」

しばらくコート張りを眺めていると、背後から長身の男性に声をかけられた。

「見学です」

僕は振り返って応《こた》えた。男性は色白の細面に銀縁の眼鏡をかけていた。スリムというよりどことなく弱々しい細い体はたしかにバドミントン選手のイメージでもある。

「僕は部長の鈴崎《すずさき》だ。実はうちの男子メンバーが不足していて大会に出られない状況なんだよ。あと一人足りないんだ。大会は二複三単だから最低四人必要なんだよ」

二複三単とはダブルス二組にシングルス三人のことである。ダブルスとシングルスの兼任が認められているので四人揃《そろ》えばチームが成り立つというわけだ。しかしこのクラブの男子は現在三人しかメンバーがいないのでダブルスが二つ組めないという。

「本宮のパートナーが、彼と口喧嘩《くちげんか》で退部しちゃってね」

「本宮って本宮昭夫《あきお》さんのことですよね」

「知り合いなの?」

僕は首を横に振った。この時点で本宮さんのことは一級上の三年生であること、そしてバドミントン部に所属していることくらいしか知らなかった。

そのとき僕たちの目の前をラケットを持った中年の男性が横切った。男性としては小柄で体に対して頭部が妙に大きい。まるで腹話術の人形を思わせる。他の部員たちと同じトレーニングウェア姿だから顧問かコーチだろうか。

「本宮、君のパートナーが決まったぞ」

鈴崎はその男性に声をかけた。僕は耳を疑った。

――今、本宮って言わなかった？　どう見ても中年の男性だ。

「こちらは……ええっと」

「二年三組の陣内トオルです」

さらに鈴崎はどう見ても中年のおっさんを本宮昭夫だと紹介した。彼は僕を見て「ふうん」と興味なさそうに相づちを打つ。

「あのぉ……、ご職業は学生さんですよね」

僕は彼に尋ねた。

「なに言ってるんだ、こいつ。学生じゃなきゃなんだと言うんだ。俺は校長か」

「いえいえ、そこまで言ってません」

僕は両手のひらを前に出して左右に振った。人づてから聞く武勇伝から、イケメン系やワイルド系やマッチョ系などいろんな容姿を勝手に想像していたがいずれにも当てはまらなかった。短軀《たんく》で顔も態度もでかい、見た目おっさんだ。僕の担任は二十七歳だが彼の方がまだ若く見える。

「とりあえずラケットを貸してやるからちょっと来い」

いきなり本宮さんは、持っているラケットのうち一本を僕に押しつけてきた。

「今日は体育がなかったから体操着持ってないんですよ」

僕は学生服姿だ。

「そんなもん必要ねえよ」

彼は僕の手を無理やり引いて、そのままコートの真ん中に立たせた。反対側のコートには鈴崎と彼のパートナーである田口《たぐち》という三年生がラケットを持って構えている。

「本宮、やっとこれでダブルスができるね」

鈴崎が嬉しそうに言った。コートの外では一年生の女子が拍手をしている。

「ちょ、ちょっと！　僕、ルールも知らないんですけど」

「とりあえずそこに立ってりゃいい。あ、サーブだけはやってくれよ」

「いやいや、ホントやったことないですってば！」

なし崩しにゲームが始まった。

バドミントンを羽根突きのイメージでいたがそれはとんでもない勘違いだった。シャトルコックのあまりの速さに目が追いつかない。相手がくり出す渾身《こんしん》のスマッシュの連発を、僕の少し前に立ちはだかった本宮さんが鼻歌交じりに跳ね返している。そのうち後ろに立つ僕の方を向いたままシャトルを見ないでリターンするようになった。

「シャトルを見ないでよく返せますね」

「音を聞いてればだいたい分かるだろ」

「分かりますかね、ふつう」

「ふつう分かるだろ」

「いやいや、分かりませんってば。それって絶対音感ですよ」

「音で分からないってのは不便だな。目が見えなくなったらどうするんだ」

「たしかにそれは困りますねえ」

そんな気の抜けた会話をしながらも、彼は右手首の動きだけで相手のスマッシュを弾《はじ》いている。汗まみれでスマッシュをくり出している鈴崎たちが気の毒になってきた。

そのうち彼らはスマッシュをネットに引っかけて僕たちに一点が入った。

それからもゲームは続く。僕は相変わらず学生服姿のままラケットを握って、本宮さんの背後に立っているだけだった。彼のくり出すショットは物理の法則を無視したような、不可思議な軌跡を描いて思いも寄らない地点に着地する。相手は一歩も動けず得点を許すしかない。攻撃に転じてスマッシュの嵐をくり広げても、本宮さんが欠伸《あくび》をしながら弾き返すだけだ。端《はた》からだと鈴崎ペアが本宮さん一人に蹂躙《じゅうりん》されているように見える……というよりされている。

「フィフティ・ラブ、ゲームセット！」

僕たちはネットに駆け寄って握手を交わした。

「陣内くん、君はなかなか筋がいいよ」

部長の鈴崎がタオルで顔を拭きながら言った。涼しい顔をしている本宮さんに対して、彼は田口とともに髪も顔も汗でグシャグシャになっている。結局、二人は僕たちから一点も取れなかった。

「僕、全然なにもやってませんってば」

と僕は謙遜《けんそん》……になってない。僕はサーブ以外で本当に一瞬もシャトルコックに触れてないのだ。なんでもアベレージの僕は教室でも空気のような存在だが、今日ほど空気になったことはない。

「今日は賑《にぎ》やかだな」

体育館に初老の男性が入ってきた。白髪交じりの痩身長軀。

「磯谷《いそがや》先生はバドミントン部の顧問なんだ」

鈴崎が僕を磯谷先生に紹介してくれた。三年生の学年主任で来年定年を迎えるそうだ。

「本宮、バドミントンもいいが勉強の方ははかどってるか」

磯谷先生はコートの片隅で首のストレッチをしている本宮さんに声をかける。首が「エクソシスト」のように後ろ向きになっているが誰も気に留めてない。

「またその話ですかぁ」

彼はくるりと首を前に戻すと不満そうに言った。

「我が校から三年ぶりの東大合格がかかっているんだ。なんとか頼むよ」

磯谷先生は彼の背後に立つと肩を揉《も》みながら言った。

「東大なんかに行ったって意味ないですよ」

「意味ないなんてことあるか。一流企業の幹部候補にも役人にもなれるんだぞ」

「興味ないっすね。そもそも東大には俺の行きたい専門がないんですよ」

本宮さんは鼻を鳴らした。

「お前は将来なにになりたいんだ」

「殺し屋」

彼は立ち上がりながら別段ふざけている様子もなく応えた。先生は呆《あき》れ顔で首を振る。

「殺し屋なんて、ボーナスや退職金は出ないし有給も福利厚生もないぞ」

「でもロマンがあるじゃないですか」

「ロマンだけじゃ食っていけない。それが大人の世界だ」

「じゃあ、俺は大人にならなくていいです」

「いくらお前でもピーターパンにはなれないぞ」

磯谷先生は真顔で本宮さんを諭している。

「校長や他の先生方もお前には期待しているんだ。頼むから目隠しして受験とか意味不明なチャレンジは止《や》めてくれよ」

今のゲームを見る限り、たしかに本宮さんはそういうことをしそうなキャラである。

「頑張って勉強したところで俺も鈴崎たちも受験なんてできませんよ」

「どういうことだ」

「今月で人類滅亡しますから」

「減らず口はそこまでにしなさい。とにかく本当に頼んだぞ」

磯谷先生は本宮さんの肩を叩くと体育館から出て行った。顧問としてクラブを見に来たのではなく本宮さんに釘《くぎ》を刺しに来たらしい。

「学年主任として有終の美を飾って定年を迎えたいんだよ」

彼は僕に苦笑を向けた。順風高校はいちおう進学校だが、東大合格が出るのは数年に一度である。だから彼の合格は悲願なのだろう。

「それで、本宮。君は東大を受けるのかい」

と鈴崎が尋ねる。

「面倒だけどな。磯谷のおっちゃんに花を持たせてやるか」

本宮さんって案外情の厚い人だとそのときは思ったが、それは必ずしも間違ってないだろう。

「すごいです、本宮さん。噂通りの方ですね」

僕は借りていたラケットを返しながら言った。

「噂ってどんな？」

短軀の彼は僕を見上げながら聞き返す。

藤森から理不尽なミッションを押しつけられて僕はしぶしぶ救世主捜しを始めた。そんな人間が、東大合格が数年に一度しか出ないような高校にいるわけがないと思っていたがうってつけの人物が引っかかった。それが本宮さんである。学年が違うので僕は彼のことをよく知らなかったが、彼は三年生の間でとりわけ有名人だった。彼らに聞き込みを展開すると本宮さんに関する思わず耳を疑ってしまう、人間離れしたエピソードがいくつも出てきた。藤森に確認すると「本宮くんなら救世主に適任だわ！」と瞳を輝かせて太鼓判を押した。そこでバドミントン部に入部して取材をすることになったのだ。一応潜入取材だ。

「霊長類の頂点だとか」

「いやあ、俺なんてまだまだ。腕力じゃツキノワグマに勝てないよ」

本宮さんがまんざらでもなさそうな顔をして壮大な謙遜をする。僕も「謙虚なんですね」と返して、謙虚かなあと思う。

「でも気をつけた方がいいですよ」

僕は彼に言った。

「なにを気をつけるんだ」

「本宮さんは命を狙われているかもしれません」

「はぁ？」

本宮さんだけでなくその場にいた部員一同も素っ頓狂な声を上げる。

「なんで俺が命を狙われなきゃならないんだよ」

彼はその後、ＣＩＡとかモサドとかイルミナティとか、いろんな組織や団体、個人から命を狙われまくるのだが、さすがに高校時代はそういうことはなかった。

「ほら、七月に人類は滅亡するじゃないですか。今こうしている間にも恐怖の大魔王は着々と準備を進めているはずなんですよ」

「だからそれがどうしたってんだ」

「ノストランズって知ってます？」

「ロックバンドか」

僕は彼らに解説した。

「ノストランズのメンバーってどんな人たちなの」

この手の話に関心があるのか、興味深そうに聞いていた鈴崎が尋ねる。

「各国の政治家や役人、財閥や企業のトップ、学者、芸術家などいろいろです。自分たちを選ばれた者だと思っている人たちですね」

「フリーメーソンリーみたいだね」

　鈴崎が感心したように言う。それにしてもよくある陰謀史観ネタである。世紀末になるとこの手の話題で雑誌やテレビ番組が賑わっていてちょっとしたブームだ。

「学者のフェルメール教授もノストランズのメンバーだって噂ですよ。ノストランズでは教授の学説を公式で認定しているらしいですから。彼らは救世主になりそうな人間を片っ端から始末しているというわけです。世界各国に組織の支部があって、もちろん日本にもあるんですよ。場所は赤羽《あかばね》駅前です。こっそり写真を撮ってきました」

　僕は一枚の写真を差し出した。両隣を赤ちょうちんの居酒屋に挟まれた、煤《すす》けた雑居ビルが写っている。電柱の看板には下手《へた》くそな毛筆体で「ノストランズ日本支部」とあった。人類滅亡という壮大な目標を掲げる組織の建物にしてはしょぼすぎる。昨夜はネットやオカルト雑誌でノストランズについて調べ上げたのだ。

「本宮。なんたってお前は霊長類の頂点だからな。救世主最有力候補じゃないか。ノストランズも狙う気マンマンに違いないよ」

　鈴崎が瞳をキラキラと輝かせながら言った。

「つまりそいつらが救世主である俺を殺しに来るのか」

「そうなんです。殺し屋といってもメンバーは一般市民に溶け込んでますからね。何年にもわたって本宮さんのことを監視して殺すチャンスを窺《うかが》っているんですよ」

これらの説明は僕ではなく藤森が描いたシナリオだ。彼女はなんとしてでも本宮さんが救世主であってほしいし、ノストランズに命を狙われていてもらいたいと願ってる。大学の推薦を取るためなら他人の命の一つや二つどうでもいいと考えているところが彼女らしい。とはいえ僕がこんなバカバカしくて不本意な取材を続けるのも彼女に脅迫されているからだ。

「そりゃ怖いね」

本宮さんが棒読みで返す。その表情からほとんど本気にしてない様子が窺える。

「危ないっ！」

「うわっ！」

突然、鈴崎は本宮さんを突き飛ばした。その直後、ボールが彼の立っていた床に激突するように飛んできた。ボールはバウンドしながら離れていく。

「すんませぇん！」

坊主頭のバレー部員が駆け寄ってきた。打ち損なったアタックボールがこちらに飛んできたようだ。彼は奥に転がっていくボールを追いかけて行った。鈴崎は目を細めてじっと彼の背中を見つめている。

「あのボール、明らかにお前を狙っていたぞ」

「偶然だろ」

尻餅をついていた本宮さんはズボンの尻を払いながら立ち上がった。

「気をつけた方がいいぞ。あの坊主頭の男子もノストランズのメンバーかもしれない」

鈴崎はすっかりその気になっていた。

＊＊＊＊＊＊＊＊

部活動が終わって僕は本宮さんのあとについて体育館を出た。途中、部長の藤森和美と合流した。大学の推薦がかかっているだけに彼女も取材の進捗状況が気になっているらしい。

「いよいよ今月なんですよねえ。人類って本当に滅亡しちゃうのかな」

僕は広い校庭を見渡しながら言った。校庭の周囲は樹木が並んで、深い緑が雲一つない天空の紺碧《こんぺき》になじんでいる。グラウンドの土の香りがする熱い風がそっと頬を撫でる。こんな風景を眺めていると、間もなく襲いかかってくるカタストロフが想像できない。

「陣内くん、マヤ文明の予言って知ってる？」

僕は藤森に向かって首を横に振った。マヤ文明は知っているけどその予言は聞いたことがない。

「勉強不足ね。『クワウティトラン年代記』に二〇一二年に人類が滅亡すると書かれているの。私もいろんな文献を漁《あさ》って調べてみたけど、一番有力な説だと中世ヨーロッパの魔女一族の呪いによって世界は破滅するみたい」

「我々人類はこの先何回滅亡しなきゃならないいんだよ」

本宮さんが鼻で笑った。僕と本宮さんは二〇一二年、実際にその魔女一族と対峙《たいじ》することになるのだがそのときは知る由もない。

「じゃあノストラダムスはハズレってことなんですか?」

「いいえ。マヤ文明のそれは、恐怖の大王が降ってきたけど救世主によって阻止されたと解釈できるでしょう。ノストランズの連中はかなり焦っているはずよ。なんとしてでも救世主を抹殺して、今月の人類滅亡に導くつもりだわ」

「今回がダメでも二〇一二年に滅亡するんならそれまで待てばいいんじゃないですか」

僕は疑問を投げかけた。

「知らないの? ノストランズの連中はせっかちなのよ。ノストランズ日本支部の写真を見せて」

僕が撮影した写真を差し出すと、彼女は雑居ビルの窓ガラスを指さした。そこには

〈二〇一二年まで待てない！〉と大きくロゴが打たれている。たしかにせっかちだ。

「連中はもうすでに抹殺計画を実行してるわ。昨夜は私も色々と調べたの」

彼女はバッグから今度はスクラップブックを取り出した。ページを開くと新聞記事の切り抜きが貼り付けられている。それらはいずれもここ数ヶ月、日本各地で起こった死亡事故だった。

「被害者はいずれも救世主になりそうな異能の持ち主たちばかりよ」

彼女は記事の一つを示した。

〈五日午前八時ごろ、岐阜県高山市《たかやまし》奥飛騨《おくひだ》温泉郷神坂《おんせんごうかみさか》の奥穂高岳《おくほたかだけ》（三一九〇メートル）の標高二五〇〇メートル付近で、登山者の男性が約一二〇メートル滑落したと県警に通報があった。調べてみると崖下から男性の遺体が見つかった。男性は自称超能力者の井川貞夫《いがわさだお》さん（33）でテレビ番組撮影のため番組スタッフたちと一緒に登っていたという〉

「超能力者？」

僕は素っ頓狂な口調で返した。

「その世界では有名な人らしくてサイコキネシスの持ち主らしいわ」

サイコキネシスといえば手を触れずに念力だけで物体を動かす能力だ。ページをめくると予知能力や透視能力などいわゆるエスパーといわれる人たちがここ数ヶ月で何人か事故に遭っている。それらは火事だったり交通事故だったりする。

「短い期間に人間離れした能力の持ち主たちが何人も亡くなっている。こんな偶然あり得ないわ。それに彼らは雑誌やテレビのインタビューなどでノストラダムスの予言について言及しているの」

今度はその記事の一部が貼り付けられているページを開いた。月刊『エスパーワールド』という雑誌で、「恐怖の大王が降りてきたら俺のサイコキネシスで撃退してやる」とインタビューに応える井川貞夫の得意顔が大写しにされていた。

「そんな能力があるなら滑落くらいなんとかしろよ」

本宮さんがもっともなコメントをする。

「そもそも俺はエスパーなんかじゃないぞ。なのにどうして俺が狙われなくちゃならないんだ」

「本宮くんの異能ぶりはもはや超能力すら超えてるわよ。プールの中に三十分以上沈められていても平気だったんでしょう。それに屋上から飛び降りても死ななかったとも聞いてるわ」

藤森の話はにわかに信じられないが、これは僕も聞いた話である。

「授業サボって屋上でジンギスカン鍋やってたのが体育教師の望月に見つかっちまってな。あの野郎、俺の体に、鉄アレイをいくつもつないだロープを巻き付けてプールサイドの掃除をさせたんだよ。二月だから真冬だぜ。凍え死にそうになりながらデッキブラシで掃除してたら足を滑らせてな。そのままプールの中に落ちたんだ。たまたま水泳部の連中がプールサイドに立ち寄って見つけてくれたからよかったものの、マジで死ぬかと思った」

「ふつうは死ぬんですけどね」

本宮さんじゃなかったら学校も大騒動になっていたはずだ。それはともかく僕も望月の車にイタズラをしていた。藤森が現行犯の写真をリークしたら僕の命も危ない。

「屋上から飛び降りたというのは？」

「先週の話だ。夕焼けを眺めつつハーモニカを吹いていたら、背後から誰かに突き落とされたんだよ。あんときはマジで幽体離脱したからな。俺の魂はすぐに屋上に飛んで犯人の顔を確認しようとしたんだけど立ち去ったあとだった」

本宮さんが悔しげに言った。彼の話は突飛すぎてどこまでが真実なのか判別がつかない。本人は至って真剣に話している。幽体離脱するようなダメージを受けておきながら、一週間もたってないのにバドミントンができる回復力はもはや異次元だ。彼が狙われるというのも分かる気がする。

「絶対にノストランズの仕業よ。すでに校内に潜り込んでいるんだわ」

藤森は警戒するような視線を周囲に向けた。グラウンドでは野球部とサッカー部が練習を続けている。

校門に向かって歩いていると、学生服姿の五人の男子が現れて僕たちの行き先を塞いでいる。尖《とが》った髪型と規格外の学生服、悪意と敵意に満ちた目つき。順風高校の生徒たちを震え上がらせている不良グループ「ダークコンドル」の連中だ。リーダーは三年生の桐島《きりしま》。百九十センチ以上ある巨軀から凄味《すごみ》の利いた目で睨《にら》み付けられると体が凍りついてしまう。本当かどうか定かでないが、暴力団からスカウトが来ているという話だ。教師たちも怖《おそ》れて彼らのことは黙認している。

「本宮、ちょっとツラ貸せ」

桐島が本宮さんに尖った顎をさした。

「ああ、悪い。今忙しいんだ」

本宮さんは桐島に愛想笑いを浮かべながら言ったが、彼の視線は険悪に尖った。

「お前の予定なんて聞いてねえんだよっ！」

いつの間にか僕たちはダークコンドルの連中に囲まれていた。前に五人、振り返ると後ろにも五人いる。そのうち何人かは木刀を握っていた。威圧するような目で僕たちを睨んでいる。藤森は怯《おび》えた様子で本宮さんの腕にすがりついていた。

「桐島、お前らマジでしつこいんだよ。この前、ちゃんと謝っただろ。男ならそれで水に流せよ」

「うるせえ！　それじゃあケジメがつかねえんだよ。今日はきっちりリベンジさせてもらうからな」

桐島は前のめりになって怒鳴った。彼らは本宮さんとやり合ったことがあるらしい。

「ちょっと止めなさいよ！　本宮くんは救世主なのよ。あなたたちだって本宮くんがいなければどうなっちゃうか分からないわよ」

藤森が桐島に向かって声を張り上げた。僕はといえば立っているだけだった。

「はあ？　ノストラダムスとか言うんじゃないだろうな。お前、あんなの信じてんのか」

桐島の隣に立つスキンヘッドの小太りが肩を揺すらせながら言った。

「そんな強がり言っちゃって、そのときが来ても知らないんだからね！」

藤森は本宮さんの背中に半身を隠しながら自分自身が強がった。

「オガサワラとか言ったっけ」

突然、本宮さんが僕にそっとささやきかけてきた。

「陣内です」

一文字も合ってないし、文字数も違うし。

「俺が桐島含めて七人やってやる。お前は残り三人を担当してくれ」

「ぼ、僕がですか！」

「女子にやらせるわけにはいかんだろ」

「そりゃ……そうですけど」

とはいえ口喧嘩以外のケンカなんて小学校三年生以来だ。あのときもコテンパンにやられて泣いて帰ったっけ。それも相手は女子だった。

「なにゴチャゴチャ言ってるんだ」

桐島が僕たちに向かって凄んだ。僕は背中をのけぞらせる。全員、強面《こわもて》で屈強な体つきをしている。一対一で武器を持つハンディをつけてもらっても勝てそうにない。

「本宮くん、この人たちノストランズかもしれない。ここは逃げた方がいいわ」

藤森が本宮さんの腕にしがみついたまま言った。しかし逃げようにも円陣で囲まれている。助けを求めたところで教師たちですら黙殺する。彼らも返り討ちに遭うだけだからだ。

「しょうがねえな……」

本宮さんは舌打ちをすると藤森の手を離して彼女に自分の持ち物を預けた。そして腰を低く落として両手を額の上に掲げる構えを取った。その状態で僕の方を見る。

「綾小路《あやのこうじ》だったっけ」

「陣内です！」

今のは絶対にわざとだ。

「とりあえず三人頼んだぞ」

「ええっ！」

僕の声を合図にダークコンドルの連中は本宮さんに飛びかかっていった。

そこからの出来事はまるで少年漫画の一コマのようだった。あれは拳法なのだろうか。本宮さんの動きはまるで阿波踊《あわおど》りの早回しだ。その動きで相手の攻撃を紙一重でかわしながら急所に一撃を加えていく。そのたびにダークコンドルの連中は、股間《こかん》を押さえ込んだまま次々と地面に沈んだ。殲滅《せんめつ》するのに一分もかからなかった。僕は先ほどのバドミントンと同じく、その場に突っ立っているだけだった。割り当てられた三人も地面に転がっている。

「お、覚えてろ！」

彼らはそれこそ少年漫画のような台詞《せりふ》を残して股間を押さえながら間抜けな格好で走り去っていった。

＊＊＊＊＊＊＊＊＊

僕と本宮さんはアーケード商店街の中にあるゲームセンターの自販機コーナーで缶コーヒーを飲んでいた。藤森は別件の取材があるからと学校で別れた。本宮さんは放課後になるとこのゲームセンターによく立ち寄るという。なんでもハマっているゲームがあるそうだ。僕もテレビゲームは好きだが、あっという間に小遣いがなくなるのでたまにしか行かない。

「やっぱり俺、命を狙われているのかなあ」

本宮さんが思案げな顔をする。

「なにか心当たりがあるんですか」

僕は缶コーヒーをちびちびすすりながら聞いた。

「今思い出したんだが、昨日、弁当食ってたら変な味がしたんだよ」

「変な味？」

「ご飯が妙に苦くて粉っぽかったし、我慢して呑《の》み込むと甘酸っぱいにおいがするし」

「それって青酸カリじゃないですか！」

そもそも青酸カリは強烈な苦味があるので食事に混ぜる毒には向かないとなにかの本で読んだことがある。口にした者はすぐに吐き出してしまうそうだ。また収穫前のアーモンドのような甘酸っぱいにおいがするという。

「いくらなんでもまさかと思うわけよ」

「もちろん捨てたんですよね」

　味が味だけに食べられるわけがない。

「バカ言うな。弁当は残さない主義だ」

　本宮さんが誇らしげに胸を叩く。

「なんで生きてるんですかっ⁉」

「生きててすみません」

　彼は唇を尖らせた。

「太宰治《だざいおさむ》ですか」

「太宰は〈生まれてすみません〉だろ」

「本宮さん、三年生たちの間でラスプーチンって呼ばれてますよ」

　これも聞き込みで得た情報だ。

　ラスプーチンとは帝政ロシア末期の政治的権力者で彼も不死身だったと言われる。プールに沈められたり屋上から突き落とされたり、挙げ句の果てには青酸カリだ。それでも生きていられるのだからそのあだ名は言い得て妙だ。

「ラスプーチンって謀殺されたんだよな。そういえば先月、放火に遭った」

「放火ってどこがです」

「俺んちに決まってんだろ。その前の週は無人のトラックが突っ込んできたしな」

「それってメチャメチャ狙われてますよ」

たしかに生命に関わるトラブルが本宮さんの身に続いている。偶然にしても重なりすぎだ。大予言もノストランズの陰謀も、藤森をはじめとする陰謀史観論者たちの妄想だと思っていたが、そうばかりとも言えなくなってきた。

「ダークコンドルの連中もノストランズのグルかもしれねえな」

人類滅亡を目論む組織が郊外の高校の不良グループとつるむなんてことがあるのだろうか。いや、あのショボい事務所だ。あるかもしれない。

本宮さんは空になった缶コーヒーをダストボックスに投げ入れると近くのゲーム機に近づいた。その筐体《きょうたい》は戦闘機をイメージしたコックピットの造りになっており、操縦桿《かん》や計器類の並ぶ操縦席の前には大画面のモニタが設置されている。モニタ画面にはゲームのタイトルだろう、「アルティメットファイターX」と派手なデザインのロゴが表示されている。

本宮さんはコックピットに乗り込むとコイン投入口に百円玉を入れて操縦桿を握った。

「ハマってるゲームってこれですか」

「最近出たばかりのゲームさ。超がつく難易度でな。なかなかラスボスまでたどり着けないんだよ」

負けず嫌いの性格なのか、彼はこのゲームを攻略するため毎日のようにこのゲームセンターに通っているという。彼の中では東大合格よりもプライオリティが高いらしい。

勇ましいミュージックが流れると画面には高速で空中を直進する戦闘機が現れた。雲を突き抜けながら、しばらく洋上を飛行していたが前方に島影が浮かんでくる。やがて戦闘機は島の中腹にある洞窟《どうくつ》の中に進入していった。

そこからゲームがスタートだ。外から見ればただの島なのに洞窟内部はSF特撮映画を思わせる秘密基地になっていた。上下左右と迷路のように入り組んだ通路の床や天井には、ミサイルや高射砲が無数に設置されてプレイヤー目がけて攻撃を仕掛けてくる。

僕もあまりゲームには詳しくないが、敵の攻撃の激しさは画面を見れば伝わってくる。意地でも撃墜してやろうとする敵側の気迫というか、この弾幕の密度はもはや殺意や悪意すら感じさせるレベルだ。あまりに苛烈《かれつ》な攻撃にゲームにすらなってない気がするが、本宮さんは超人的な操縦桿捌《さば》きで敵の攻撃をかわし、着実に敵兵器を銃撃と爆撃で破壊していく。

「すげえ……」

気がつけばゲーム機の周りはギャラリーで埋まっていた。彼らは本宮さんの神業ともいえるプレイに見入ってる。コックピットには操縦桿の他に多数のレバーやボタンが備わっており、戦闘機を操縦するためにはそれらをフル活用しなければならない。超難易度というだけあって操作系統も複雑なようだ。

敵陣の奥に進めば進むほど攻撃は尋常でなくなるし、機体のスピードも速いので目がついていかない。

いくつかのエリアをクリアしながら道中に立ちはだかる中ボスを撃破する。中ボスは装甲が硬いうえに攻撃レベルが高い。しかしそんな強敵も本宮さんにかかれば鉄くずと化すのに時間がかからない。

彼の操縦する戦闘機はさらに奥に進んで、やがて基地の最深部に到達した。

「やっとラスボスにたどり着いたぜ」

本宮さんがインターバルの間に指の関節をボキボキと鳴らす。

「初めてなんですか」

「ああ。ここまで来るのに一ヶ月以上かかった。こいつをクリアしてからじゃないと死んでも死にきれん。恐怖の大王が降りてくる前にやっつけないとな」

画面には機雷を思わせる金属の球形が鎮座していた。漆黒のその球体は戦闘機より遥《はる》かに大きく、壁から伸びる無数のコードとつながれている。機雷の周囲は無数の高射砲や機銃、ミサイルで固められており、この球形だけは死守するぞという敵側の意気込みが伝わってきそうだ。

　そして攻撃が始まった。今までも容赦のない攻撃だったが、今度のそれはレベルが違う。ここまで来ると節操ないというか大人げないというか。開発者はそこまでしてクリアさせたくないのかと思うほどだった。さすがの本宮さんも苦戦しているようだ。攻撃をかわすことに精一杯で、なかなか攻撃に転じることができない。いや、むしろこの攻撃をかわし続けられるだけでも驚異なのだが。

　それでも本宮さんは着実に敵へのダメージを重ねていく。敵は攻撃の手を緩めるどころかさらに苛烈さを増していく。画面の大半が敵の弾幕で埋まってしまい、自機がどこにいるのか認識できないほどだ。そこへもって多数の追尾ミサイルがひっきりなしに追いかけてくるし、接触すれば一発アウトのレーザー光線が何本も画面上を交錯している。ここまでくると五感を超えた能力が要求されそうだ。

　やがて大轟音《だいごうおん》とともにラスボスが粉々に砕け散った。画面には「Mission Complete」の文字が躍る。エンドロールが流れるとギャラリーからは感嘆の声と一緒に拍手が起こった。

「すごい！　すごいですよっ！」

　僕はコックピットから降りてくる本宮さんに向かって手を叩いた。彼は親指を立ててにんまりと微笑《ほほえ》む。

「ったく、長かったぜ。こいつにいくらつぎ込んだことか」

ゲームは一回百円だが一日十回以上プレイしてきたというからそれなりの金額になったようだ。本宮さんのプレイに感化されたのか若者たちがトライしているが、敵のあまりにも激しすぎる攻撃に一分ともたない。映像や音響は迫力があるが、僕もこのゲームはとてもプレイする気になれない。全財産つぎ込んでも最初のエリアすらクリアできないだろう。

「本宮昭夫くんだね」

自販機の前でくつろいでいると背後から声がした。

振り返るとサングラスをしたダークスーツの男が二人立っている。二人とも短髪で顔つきも体型も引き締まっていた。三十代前後といったところか。どことなく体温を感じさせない無表情は「ターミネーター2」に出てくる敵役サイボーグを思わせる。動くと関節からモーターの音がしそうだ。二人とも耳にイヤホンマイクを付けていた。

「なんだ、あんたら。PTAとか教育委員会には見えないな」

実は当時の順風高校は生徒のゲームセンターへの出入りを禁止していた。僕たちは校則を破っていたのである。時々PTAや教育委員会の風紀担当者が見回りをしているようだが、この二人の男性は教育関係者に見えない。その隙のない佇《たたず》まいから軍関係やSPを思わせる。髪の黒い方はトム、茶髪の方はジェリーと名乗った。

「仲良くケンカとかすんなよ」

　本宮さんのジョークに彼らはニコリともしない。

「我々はアメリカ政府系機関の者だ」

　とトムが言った。

「アメリカだと？」

「今から我々についてきてもらいたい」

　間を置かずに今度はジェリー。二人とも必要最低限の言葉しか口にするつもりはないらしい。

「断ると言ったら？」

　本宮さんが挑戦的な目つきで長身の彼らを見上げる。トムもジェリーも本宮さんはもちろん、男性平均の身長を少しだけ上回る僕よりも高い。

「君の意思を尊重するつもりはない。我々は本部の命令に従うだけだ」

「伏せろっ！」

　突然、トムは本宮さんを、ジェリーは僕の頭を押さえつけた。頭上で炸裂音《さくれつおん》がしたので僕は思わず背中をかがめた。見上げると二人の男は黒い金属の塊を握っている。映画やドラマでしか見たことがないものがそこにあった。拳銃だ。ジェリーは銃口を店内の奥に向けて三発ほど発砲した。そのたびに僕は耳に手を当てながら体をのけぞらせる。銃口の先にはサラリーマン風の男性二人がこちらに銃を向けている姿があった。店内は一気にパニックになった。驚いた客たちが出口の方へとなだれ込んでいく。

「立てっ！」

トムとジェリーは僕たちの肩を摑《つか》むと片手で引き上げた。すごい力だ。そして人の流れに紛れ込んで出口へと向かう。ジェリーは銃を向けたままだ。銃口の先では拳銃を持った男が崩れるように倒れた。

「なんなんだ、お前らは！」

トムに引っぱられている本宮さんが喚《わめ》く。

「命が惜しかったら我々に従え」

トムとジェリーは銃を構えて、周囲を警戒しながら僕たちを出口へと促す。すると今度はスタッフ用のカウンターに立っていた店員の一人が、僕たちに向けてテーブルの下からなにか筒のようなものを取り出した。

ショットガンだ！

暴発するような音とともに、僕たちのすぐそばに設置されたテレビゲーム機のモニタが吹き飛んだ。それからも店員は僕たちに向けて発砲をくり返す。そのたびに付近の客の頭が血煙を広げながら吹っ飛んでいった。自らの体を盾にして本宮さんをガードしているトムが素早く応戦する。彼の銃声二つでショットガンの店員は崩れ落ちた。

さらに店の奥から小銃を構えた店員が二人飛び出してくる。

パラララララという銃声と一緒に店内のゲーム機は火花を散らし、立ち往生してる客たちは次々と倒れていく。僕たちは姿勢を低くして筐体に身を隠した。トムとジェリーの二人はその状態で敵に向けて発砲する。しかし彼らも物陰に身を隠しているので捉えることができない。焦げ臭いにおいと一緒にゲーム機から立ちこめる白煙で店内はかすんで見えた。生き残ったゲーム機は暢気《のんき》なファンファーレを奏でている。

僕たちの周囲では撃たれた客たちが転がっている。何人かはうめき声を上げているが何人かは動かない。まるで香港のアクション映画のような光景だった。膠着《こうちゃく》状態が続いている間に店内にいた客たちは外に逃げ出していた。

「ど、どうするんですかっ⁉」

僕はたまらずジェリーに声をかけた。すると彼はポケットから球形の物体を取り出した。これもやはり映画やドラマでしか見たことがない。

「手榴弾《しゅりゅうだん》じゃないですかっ！」

「これを投げたらすぐに店の外に飛び出す。いいな」

と言うやいなや彼は手榴弾のピンを引き抜いた。

「ちょ、ちょっと！」

それをマシンガンの二人が潜んでいる店の奥に向かって投げる。

僕は店の外に飛び出した。体が勝手に動いていた。その直後、背後で爆発音が聞こえた。熱い爆風に背中を押されて僕は地面に転がった。砕けたガラスの破片が床にぶつかってチャリチャリと音を立てる。顔を上げると店内は墨汁をこぼしたように真っ黒になっている。ところどころ炎が上がって周囲をオレンジ色に照らしていた。周囲は野次馬に囲まれている。彼らは茫然《ぼうぜん》とした様子で店内を眺めていた。そのうち何人かは携帯電話やデジカメで撮影をしている。外のアーケード街は夕方の買い物客で賑わっていた。

「おい、あいつらは何者なんだ」

本宮さんは立ち上がりながらトムたちに尋ねた。地面の土埃《つちぼこり》で学生服が白くなっている。僕も同じだ。

「君の抹殺を目論む者たちだ」

トムが周囲を警戒しながら静かに告げた。銃を構える姿がサマになっている。

「ノストランズか？」

本宮さんの質問に今度は応えなかった。二人は周囲を見渡しながら口元をキュッと締めている。

遠くの方でキュルキュルとタイヤの滑る音が聞こえた。同時に同じ方向から人々の叫び声が流れてくる。それらは徐々にこちらに近づいてきた。やがて歩道の向こうに黒いワンボックスカーが見えた。車体は鈍い衝突音を立てて、歩行者を次々と跳ね飛ばしながら僕たちに向かって疾走してくる。野次馬たちは血相を変えて散らばってい く。車はあっという間に僕たちのところまで近づいてきた。トムとジェリーが車に向かって発砲をくり返すもその車は一直線に向かってくる。

「よけろ！」

ジェリーに背中を突き飛ばされて僕は再び地面の上を転がった。その直後に黒い車体が素通りしていく。顔を上げるとタイヤをスリップさせて車が停まったところだった。後部席のスライド扉が開いて武装した数人の男たちが飛び出してきた。

「中に入れ！」

トムとジェリーに促されて、僕と本宮さんは廃墟《はいきょ》と化したゲームセンターの中に飛び込んだ。中は焦げ臭いにおいが充満している。電灯が消えているので中は暗い。店内にひしめくゲーム機の筐体が壁になって通路はちょっとした迷路のようになっている。その細い通路の床には椅子や空き缶、そして動かなくなった客たちが転がっていた。

僕たちは四つん這《ば》いになって奥に進む。やがてマシンガンやショットガンの銃声がしてあちらこちらで火花が上がった。割れた瓶や蛍光管の破片がバラバラと頭に降りかかってくる。それでも必死で奥に進む。店内からも銃声が聞こえた。トムとジェリーが応戦しているのだ。僕と本宮さんは店の一番奥までたどり着いた。そこの扉を開くとさらに細い通路が延びている。

「トムさん、ジェリーさん、こっち！」

僕は店の中ほどで銃撃戦をくり広げている二人に声をかけた。彼らは出口に向かって手榴弾を投げ込むと僕たちのところまで駆け寄ってきた。同時に店の外で炸裂音がして空気が振動した。何人かは吹き飛んだようだが、何人かは回避したようだ。彼らは再び店の中に向かって発砲を開始した。

僕たちは通路を進み、階段を上って二階に出る。二階は従業員用の控え室になっていて事務用デスクとロッカーが並んでいた。スライド式の窓ガラスを開けるとそこはアーケードの屋根だった。後ろを振り返ると武装した男たちが二階に上ってきたところだ。

僕たち四人は窓から外に出る。そして蛇腹になっているアーケードの屋根の上にそっと足を置いた。厚い鉄板なので僕たちの体重を支える強度は充分にありそうだ。しかし蛇腹のひだひとつひとつに高さがあるので足場が悪い。

背後から再び銃声が聞こえた。思わずしゃがんで四つん這いの体勢になった。トムとジェリーは敵に向かって発砲しながら、またも手榴弾を投げつけた。爆発音で屋根がビリビリと震える。景色と一緒に敵の姿も吹き飛んで、そこだけ大きな穴が開いていた。ダークスーツの二人は手慣れた手つきで拳銃をホルスターに収めた。遠くの方で消防車や救急車のサイレンが聞こえる。

「お前ら、マジで容赦ないな。ここは商店街だぞ」

本宮さんの責め口調にも彼らは無表情を崩さない。本当にサイボーグではないかと思う。

そのときだった。

爆破でこなごなになった二階の窓からもう一人ショットガンを向けた男が現れた。気がついたときには銃口が火を噴いていた。

「危ないっ！」

僕の声と同時にトムが本宮さんの身体《からだ》に飛びついた。ジェリーは条件反射のように拳銃を引き抜いて男に向けて発砲する。ジェリーの射撃はヒットして男は開いた穴から下に落ちていった。

「おい、しっかりしろ！」

本宮さんがぐったりと倒れているトムの頭を抱き上げながら声をかけている。彼の背中は複数の穴が開いてべっとりとした血で濡《ぬ》れていた。トムは小刻みに呼吸をしながら本宮さんの胸ぐらを摑んで彼の顔を引き寄せた。

「じ、人類の命運はお前にかかってる……頼んだぞ！」

彼は血の交じった咳《せき》をまき散らしながら言った。

「しゃべるな！　傷は浅い。お前は助かる！」

本宮さんは顔を真っ赤にして声をかけるが、トムの頭は本宮さんの腕の中で力なく転がった。彼はトムの頭をそっと床に置いて、手を合わせるとゆっくりと立ち上がった。

「なんなんだ、あいつらは⁉　ノストランズか？」

本宮さんは険しい顔をしてジェリーに詰め寄る。彼は仲間の死にも拘《かか》わらず無表情を崩さなかった。そして一度だけ頷いた。

「ということはやっぱり本宮さんが救世主？」

「なんで俺が救世主なんだよ！　そもそも予言だって本物かどうかも分かんねえし、当たっていたところでどうやって俺が人類滅亡を阻止するんだよ？」

本宮さんはジェリーを尖った目で見上げる。

「私は君を無事に連れてくるように命令されているだけだ。詳細までは聞かされてない。ただ、分かっているのは予言の日が今日の二十四時であること、それを阻止できるのが君だけということだ」

「二十四時だと⁉」

時計を見ると十八時を回っている。六時間後に恐怖の大王が降りてくる。空を見上げると夕焼けが広がりアーケードの屋根はあかね色に染まっていた。人類が滅亡してしまうような天変地異がやってくるとはとても信じられない。

「君が救世主であると確定したのもつい先ほどのことだ。だから敵も総攻撃に転じたのだろう」

「どういうことだ？」

つまり、つい先ほどの前は救世主の候補だったというわけか。なにを理由に候補が確定に格上げされたのだろう。

「詳しい話はあとだ。もう時間がない。同行してくれるか？」

ジェリーが本宮さんに言った。黒いサングラスの表面にうっすらと透けて見える瞳が仄《ほの》かに光った。

「行くしかねえだろ。このおっさんの死を無駄にできないしな」

本宮さんはトムの遺体に視線を移して、その表情を引き締めた。

「ちょ、ちょっと、本宮さん。本当に行くんですか」

ノストラダムスの予言だの本宮さんが救世主だの、この期に及んでも信じられない。僕を騙《だま》すために壮大な芝居でも打っているのではないかとさえ思ってしまう。

「ああ。人類を守るヒーローになるって男の夢だったろ。お前もそうだろう、陣内」

僕は頷いた。いつからそんな夢を見なくなってしまったのだろう。

「殺し屋じゃなかったんですか」

「滅亡したら殺す相手もいなくなっちゃうだろ」

「そりゃそうだ」

　尋常を超えた状況に、僕も変なところで納得してしまう。

「ったく世紀末らしいハプニングだよな……うん？」

　突然、本宮さんは空を見上げた。ジェリーも同じように見上げている。バラバラバラバラと空を裂くような音が聞こえてくる。やがて近くのビルとビルの隙間から黒い影が姿を見せた。

「ヘリですよ」

　これも映画やドラマでしか見たことがない。ヘリはヘリでも軍用ヘリだ。両翼にロケット砲、機首下面には三砲身ガトリング砲を備えている。夕日をバックにこちらに近づいてくると、僕の頭の中でワーグナーの「ワルキューレの騎行」が鳴り響いた。

「そのアメリカ政府系機関とやらが救助に来てくれたんですよね」

　僕はジェリーに愛想を向けたが、彼は首を横に振った。

「機体の側面を見ろ」

　僕は言われた通り手のひらを庇《ひさし》代わりにして機体を眺めた。そこには大きく「ノストランズ・ジャパン」と派手なロゴが刻まれている。機首に設置された細長い砲身が動いて砲口が本宮さんに向けられた。

「走れっ！」

ジェリーのかけ声を合図に僕たちはアーケードの屋根の上を駆けだした。

キュンキュンキュンと音を弾かせながら金属の屋根に無数の穴が開いていく。屋根の下の買い物客たちの叫び声が聞こえてくる。僕は走りながら後ろを振り返った。すぐ後ろでは床が火花を散らし、ヘリが僕たちに迫ってくる。蛇腹の床は不安定で何度かつまずきそうになったが、それでも僕たちは走り続けた。

しかしさほど大きな商店街ではない。しばらく走るとアーケードの屋根の終点に到着した。

「跳べぇぇぇ！」

本宮さんのかけ声と同時に僕の体は宙に浮いていた。同時に背中が熱くなり、強烈な爆音と爆風が襲ってきた。僕たちは吹き飛ばされそのまま地面に叩きつけられた。

「陣内、大丈夫か⁉」

地面に転がっていると本宮さんとジェリーが駆け寄ってくる。体中にアドレナリンが放出されているのか、肘と膝を大きくすりむいているのにさほど痛みを感じない。骨折もないようで立ち上がることができた。後ろを見るとアーケードの屋根と店舗のいくつかが消し飛んで炎が上がっている。ひん曲がった屋根の梁《はり》の隙間からヘリの機どっている。

界隈《かいわい》の民家のいくつかは吹き飛び、家から飛び出した住民たちが血相を変えて逃げまくり、物陰に隠れた僕たちを見失うとその一帯に向かってロケット弾を撃ち込んだ。

僕たちは細い路地に入り込んで右に左に走り回った。ヘリはガトリング砲を撃ちま

「ロケット砲を撃ち込みやがった。あいつらマジで本気モードだぞ」

影が見える。

「陣内、お前は関係ないんだ。帰ってもいいんだぞ」

自販機の陰に身を隠しながら本宮さんが言った。上空では耳をつんざくローターの音が行ったり来たりしている。

「取材ですから。こんどの順風タイムスの記事にするんです。藤森さんは締め切りに厳しいんですよ」

締め切りを守らなければ例の写真が望月に渡ってしまうというのっぴきならない事情もあるが、この状況では取るに足らないことのように思えた。

「命の保証はできないぞ」

「こうなったら見届けますよ。どうせ僕たち人類はあと六時間足らずですから」

「ほう、もっと肝っ玉が小さいかと思ってた」

本宮さんが頼もしげに言う。

「将来はジャーナリストになりたいんです。社会の巨悪や矛盾をあぶり出すような記事を書きたいんですよ」

結局僕は五流出版社の雑誌ライターになってしまうのだが、当時は本気でそう思っていた。

「本宮くん。あそこに白のワンボックスカーが停《と》まっているだろう」

一緒に身を潜めていたジェリーが大通りの前方を指さした。三十メートルほど離れたところにそれは停まっている。

「あれに乗り込んで羽田空港に向かってくれ」

ジェリーはそう言って本宮さんに車のキーを手渡した。

「あんたはどうするんだ」

「俺はあのヘリをなんとかする。君たちはその隙に車に乗り込め」

「なんとかするって……無茶だ。相手は軍用ヘリだぞ。生身の人間がどうこうできるわけないだろう」

本宮さんはキーを握りしめながら言った。

「ここでじっとしていてもいずれは見つかって蜂《はち》の巣にされる。そうなったらトムは犬死にだ」

そう言ってジェリーは手榴弾を取り出した。それを武器にするつもりらしい。

「よせ！　死ぬつもりか」

「ここだけの話、俺がこの仕事に就いたのも子供のころからの夢を叶えたかったからだ」

「夢ってなんだよ？」

本宮さんが尋ねる。

「君らと同じさ。ヒーローになりたかったんだよ。だから頼む。ノストラダムスを食い止めてくれ。そのあとにやってくる二〇一二年マヤの予言のときも、人類は君を必要とするのかもしれない」

ジェリーは本宮さんの胸に拳骨《げんこつ》をぶつけた。

「君は俺が命を懸けるだけの価値がある男だ」

「そんなのねえよっ！　よせって言ってるだろ！」

「グッドラック」

引き留めようとする彼の手を振り払って、ジェリーはブロック塀を伝って器用に民家の屋根に上っていった。直後にガトリング砲の銃声と屋根瓦《がわら》の砕け散る音が聞こえてくる。ジェリーは屋根の上を疾走して銃撃をかわした。その姿が影となって地面に浮かんでいる。ヘリは彼を仕留めようとさらに低空飛行する。ローターから吹き出る風が地面の砂埃を舞い上げた。

「うわああああああああっ！」

地面に浮かび上がったヘリの機影に人影が飛びついた。僕たちは自販機の陰から飛び出て見上げる。ジェリーが屋根からヘリの機体に飛び移ったのだ。彼は尾翼にしがみつきながら僕たちを見た。ヘリは彼を振り落とそうと機体を揺らしている。

「バカなことは止めろっ！」

本宮さんの怒号がローターの爆音にかき消される。

ジェリーは笑っていた。そのまま片方の手に持った手榴弾のピンを口でくわえて引き抜いた。

「陣内、走れっ！」

僕たちは回れ右をして一目散に駆けだした。視線の先には白のワンボックスカーが停まっている。ジェリーが指定した車だ。

背後で爆《は》ぜる音がした。背中に熱を感じたが僕たちは足を止めなかった。それから間もなく爆風が僕たちを追い越していった。その勢いで吹き飛ばされて地面に転がった。痛みをこらえて立ち上がると目の前はワンボックスカーだった。爆心の方を見ると路上に落ちたヘリは原形を留《とど》めず鉄の塊と化していた。残骸を包む炎は周囲の民家を巻き込んで広がっている。

僕たちは車の中に乗り込んだ。僕が助手席で本宮さんが運転席だ。後部席を覗《のぞ》き込んで僕は思わず息を止めた。マシンガン二挺《ちょう》とロケットランチャーが置いてある。

本宮さんがキーをさし込んでエンジンを始動させた。

「本宮さん、運転なんてできるんですか」

僕たちはまだ高校生だ。当然無免許である。

「『リッジレーサー』なら上級コースをクリアしたぞ」

それなら僕も持っている。プレステのゲームだ。もはやつっこむ気にもなれないが、彼に任せるしかない。

〈本宮くんか〉

突然、フロントに設置された液晶モニタが立ち上がり、男性の顔が映し出された。顎髭《あごひげ》を生やした五十代の男性だ。

「あんた、誰だ?」

男性はCIA日本支部のショウ大杉《おおすぎ》と名乗った。

「CIAとはいよいよそれらしくなってきたな」

〈カーナビに従って空港まで来てほしい。我々はそこで待機している。警察庁の協力を取り付けて現地までの道路は通行止めにしてある。信号も無視してもらってかまわん〉

モニタは地図表示に切り替わった。経路に赤いラインが引かれている。ここからなら三十分程度で到着できる。

「トムとジェリーはここにはいないぞ」

〈君たちの会話や行動の一部始終をモニタリングしていたよ。二人はトップクラスのエージェントだった。しかし我々は彼らの死を哀しんでいられる猶予がない。それは君も分かっているだろう〉

本宮さんは何も応えずに車を発進させた。カーナビの経路に従って車を走らせる。僕たちはビル街を走る大通りから首都高速道路に入った。

ショウの言った通りところどころで警察が通行止めをしているようだ。本宮さんはアクセルを踏み込んだ。加速力でシートに身体が押さえつけられる。しばらく直線コースだ。

「首都高を独り占めできるなんてすごいですよね」

とはいえ人類の存亡がかかっているのだ。首都高の通行止めくらい罪はないだろう。

「というわけでもなさそうだぞ。後ろを見ろ」

僕はリアウィンドウに視線を移した。僕たちの後ろを何台かの車が追いかけて来ている。セダン一台にワンボックス二台、そしてトラックが二台だ。一番先頭を走るセダンの助手席の窓から男が体を出した。彼はショットガンを抱えている。トラックの荷台にも武装した男たちが数名乗っている。そのさらに後方からサイレンを鳴らしたパトカーが追ってくる。彼らは車両止めを突破した武装グループを追っているのだろう。しかしトラックの荷台の男たちの攻撃によってあっけなく撃退されてしまった。あっという間にパトカーの姿は見えなくなった。

　破裂音が聞こえたと思ったらリアウィンドウのガラスが砕け散った。男がショットガンを撃ち込んだのだ。僕は思わず身をかがめる。

「陣内、運転を代われ」

「ぼ、僕、『リッジレーサー』は初級コースしかクリアできません！」

「しばらく直線コースだ。アクセルだけ目一杯踏み込んでればいい」

　僕たちは席を替わった。僕はハンドルをしっかり握ってアクセルを踏みっぱなしにする。バックミラーを見ると敵の車はすぐ背後まで近づいていた。本宮さんは後部席に移ると両手にマシンガンを携えて、すぐ後ろのセダンに向かって発砲した。火花を散らしながらボンネットに黒い穴がいくつも開き、フロントガラスが砕けて安定を失うと、助手席から体を出していた男が投げ出された。そのまま車体は側壁にぶつかると直後のワンボックスを巻き込んでクラッシュした。その残骸を回避してワンボックス一台とトラックが二台追いかけてくる。

　トラックの男たちが僕たちの車に一斉射撃を始めた。ハッチバックで無数の火花が弾ける。

「陣内、タイヤに気をつけろ！」

僕はハンドルを左右に回して車体を蛇行させた。トラックの男たちは攻撃の手を緩めない。流れ弾がフロントガラスに当たって白いヒビが入る。ボンッと爆ぜるような音がしてハッチバックドアが吹き飛んだ。ドアの残骸の直撃を受けたワンボックスカーは安定を失って蛇行している。そのスキを突いて本宮さんは集中砲火を浴びせる。ワンボックスカーは完全に安定を見失って転倒した。そのまま側壁に激突してバックミラーの視界から消えた。

残りはトラック二台だ！

僕は燃料計を見て喉を鳴らした。メーターの針が徐々に下がっている。運良く引火はしなかったものの、彼らの攻撃で燃料タンクに穴が開いたのだろう。そこからガソリンが漏れているのだ。バックミラーを覗く。荷台の男を見て息が止まりそうになった。彼はロケットランチャーをこちらに向けて構えている。直撃したら一発でアウトだ。僕は半ばパニック状態になってハンドルを左右に切った。後部席の本宮さんが体勢を崩して頭をサイドウィンドウにぶつけている。

「落ち着け、陣内！　俺が仕留めてやる」

いつの間にか彼もロケットランチャーを抱えていた。

「ガソリンが漏れてるんですよ！」

本宮さんは運転席に身を乗り出して燃料計を確かめた。

「まずいな。空港まで持ちそうにないぞ」

「あいつら撃ってきますよ！」

「右っ！」

荷台の男のロケットランチャーが火を噴いた。僕は思わずハンドルを右に切った。車体は大きく右に傾いて、助手席のすぐそばをかすめるようにしてロケット弾の煙が追い越していく。間もなく前方の路面に着弾して爆発した。爆発の炎をかいくぐりながら僕はなんとか傾いた車体を立て直した。路面と擦《こす》れるタイヤが悲鳴を上げる。しかしまだ安心できない。もう一台のトラックの荷台に乗った男が第二弾の準備を始めている。

「陣内、車体をそのまま保て」

ロケットランチャーを構えた本宮さんが近くのトラックに照準を合わせた。僕はアクセルを踏み込んだままハンドルを固定させる。

背後で炸裂音がした。車内に白煙が立ちこめる。バックミラーに映ったトラックは機首を突き上げた状態で飛び上がった。

「よっしゃあっ！」

「なんだって⁉」

巨体はそのまま空中で半回転してアスファルトを削りながら路上を転がる。その姿はみるみるうちに小さくなりやがてオレンジ色に光った。その炎をくぐり抜けながら最後のトラックが追いかけてくる。

「本宮さん、ラスト一台もお願いします！」

僕は後部席に向かって声を張り上げた。

「スピード上げろ」

「え？」

本宮さんは助手席に移ってシートベルトを締めた。

「弾切れだ」

「マジっすか⁉」

トラックは徐々に追いついてくる。僕は燃料計を見た。エンプティランプが点滅している。メーターはゼロを指していた。車が止まるのも時間の問題だ。

「なんだあれは？」

本宮さんが振り返ったのでバックミラーで後方を確認する。オートバイの集団が僕たちを追ってきている。そのうち何人かは鉄パイプのような金属棒を肩に載せていた。

全員、真っ黒なフルフェイスを被《かぶ》っている。

「あのメットはダークコンドルの連中だな」

「こんなところまで追いかけてきたんですか⁉」

トラックはかなり接近してきた。荷台の男はロケットランチャーを構えている。僕は左右に蛇行して牽制《けんせい》するがぴたりと後ろについてくる。

「もう無理ですよぉ。こんな至近距離ではかわしきれません」

「こうなったらしょうがねえ。飛び降りるぞ」

速度計は百五十キロを超えている。

「このスピードでできるわけないでしょうが！　本宮さん、救世主なんでしょ。なんとかしてくださいよ！」

僕は喚くことしかできなかった。バックミラーを見るとロケットランチャーの男は今すぐにも発射しそうな様子だ。

——もう終わりだ……。

僕はハンドルを握ったまま目を閉じた。こんな先輩に関わったのが運の尽きだった。せめて家族や友人たちと一緒に滅亡の時を迎えたかった。

突然、背後に衝撃を感じた。目を開いてバックミラーを見直す。荷台の男は姿を消していた。安定を完全に失ったトラックがタイヤを軋《きし》ませながら側壁に激突、跳ね返って路面を転がりだした。ダークコンドルのメンバーたちはそのまま僕たちを追いかけてくる。

何が起こったのかさっぱり分からずぼんやりとミラーを見つめていると、突然車が減速したので、その勢いに体を押されて前のめりになる。速度計はみるみるうちに下がっていく。アクセルを踏んでもスピードが上がらない。

「どうした」

「ガソリンが尽きました」

車体は勢いを失い速度を弱め、数百メートルほどで止まってしまった。鍵を回してみてもエンジンがかからない。ダークコンドルのメンバーが集まってきて僕たちを取り囲んだ。

観念した僕は扉を開いて本宮さんと一緒に外に出た。長身の男がバイクを降りてヘルメットを脱いだ。リーダーの桐島だった。彼はにやけた顔を向けていた。

「桐島、どういうことだ。どうして俺たちを救った？」

本宮さんが桐島に声をかける。僕は本宮さんの言っている意味が分からなかった。彼らはノストランズの仲間で本宮さんの抹殺が目的ではなかったのか。

「あれからずっとお前たちのあとをつけていたんだ。そしたらわけの分からん連中に狙われてるじゃねえか。本宮、お前を仕留めるのは俺たちだからな。他の連中にそれをさせるわけにはいかねえんだよ」

それから桐島は、僕が目を閉じて見ていなかった出来事を説明してくれた。ダークコンドルのメンバーは警察の制止を振り切り、首都高に乗り込んで僕たちを追いかけたという。先導していた桐島はトラックの側方にバイクをつけて持っていた鉄パイプを車輪に突っ込んだ。それが原因でトラックはバランスを崩してクラッシュしたのだ。つまりダークコンドルの連中はノストランズの仲間どころか、僕たちにとって命の恩人だったというわけである。

「桐島さん、ありがとうございます！」

僕は頭を下げた。まさかこの人たちに助けられるとは思ってもみなかった。

「お前、新聞部なんだってな。今回のことは格好良く書けよ」

桐島は片方の口角をつり上げる。ニヒルなその表情がとてもサマになっていた。

「桐島、頼みがある。今から俺たちを羽田空港まで運んでくれ。もう時間がないんだよ」

「羽田だ？　空港になにしに行くんだよ」

「野暮用だよ。ちょっくら人類を救ってくる」

本宮さんはコンビニに買い物に行くような口調だった。

「まさか本当にノストラダムスとか言うんじゃないだろうな」

桐島も本気にしてない口ぶりだった。彼が合図を送ると他のメンバーはバイクのエンジンを吹かし始めた。

それから僕と本宮さんは、それぞれバイクの後部席に乗せてもらい一気に羽田空港まで突っ走った。途中、三発ほどミサイルが飛んできたが、彼らの巧みなドライビングテクニックで見事にくぐり抜けた。そこから十五分ほどで空港に到着する。駐車場に滑り込むと、待ち構えていたダークスーツ姿の男たちが駆け寄ってきて、待機してあった黒塗りの車に乗せられた。男たちはトムとジェリーのようにサングラスとイヤホンマイクを付けていた。

後部席に乗り込んだ本宮さんに桐島が声をかける。本宮さんは窓を開けて顔を出した。

「本宮、今日のことは貸しにしておくからな」

「さっそく返してやるさ」

「どういうことだ？」

「お前らが明日の朝を迎えられたら、それは俺のおかげだ。それでチャラだな」

「なんだそりゃ」

ポカンとした顔を向けた桐島を残して僕たちを乗せた車は飛行場に向かった。

＊＊＊＊＊＊＊＊＊

「ようこそここまで来てくれました。心から感謝いたします」

僕たちの目の前に座っている大柄な男性が日本人通訳を通して告げた。男性は立ち上がると僕と本宮さんに握手をした。大きくて温かな手のひらが僕の手を包み込む。

「あ、あの……。本物ですよね？」

僕は聞かずにいられなかった。握手をした男性はテレビのニュースで毎日のように目にするアメリカ人だからだ。

「もちろんだよ。彼は第四十二代アメリカ合衆国大統領ビル・クリントン氏です」

通訳の男性が微笑みながら頷いた。

「そして君たちが今、乗っている機体はアメリカ合衆国大統領専用機エアフォースワンだ」

思いがけない展開の連続に頭の中がクラクラする。放課後からほんの数時間で僕は一生分以上のスリルとサスペンスとサプライズに遭遇した。大統領は僕たちに言葉をかける。もちろん英語なので彼の隣に立つ日本人男性が同時通訳をしてくれる。それにしてもアメリカ大統領が直々に面会だなんて信じられない。

「ＣＩＡのエージェントから大まかな話は聞いていると思う。我々人類はあと五時間足らずで滅亡する」

着席したクリントン大統領はデスクの上に肘をついて落ち着かない様子で両手をさすっている。

「俺たちはどうやって滅亡するんだよ」

本宮さんが窓の外を眺めながら言った。空はうっすらと暗くなってきている。天変地異など微塵《みじん》も感じさせない穏やかな空模様だ。星も見える。

「ノストラダムスの予言にある恐怖の大王とは人為的なものだ。フェアチャイルド財閥をご存じかね」

僕たちはうなずいた。フェアチャイルドといえば世界の金融、資源、諜報《ちょうほう》機関、原子力、軍事、交通、政治、食品、メディアを支配するといわれる一族だ。

「我々は彼らが究極殺戮《さつりく》兵器を開発したという情報を摑んでいる。これがその『アンゴルモア』だ」

前方のスクリーンに黒い球体が映し出された。アンゴルモアとはノストラダムスの予言に出てくる恐怖の大王の名前だ。大きな機雷の形をしたそれには無数のコードがつながっている。スクリーンには寸法が表示されていて、直径が二十メートルとある。

「これってあのゲームのラスボスですよね」

僕は画像を指さしながら本宮さんに耳打ちした。

「アンゴルモアは人間の脳細胞を破壊する特殊な波動を発生する、いわゆる波動爆弾だ。その波動到達範囲は地球全体に及び、人間だけを抹殺して都市や動植物は傷つけない」

大統領が通訳を通して解説する。爆弾が作動すると地球上は地下を含めて逃げ場がないという。

「その目的は人類のリセットだと聞いたことがあります。生き残った選ばれし人間が新しい世界を立て直すそうです」

僕は口を挟んだ。オカルト雑誌に書いてあったことだ。

「その通り。選ばれた人間には波動を打ち消す装置が渡っているというわけだ」

「それを奪って打ち消せばいいだろ」

今度は本宮さんが腕を組みながら言った。

「装置の奪取は成功した。しかしその効果は半径一メートル範囲内と大人一人分でしかない。人類をカバーする台数を調達することはとても不可能だ。残された方法はアンゴルモアを破壊することだ。我々は太平洋上にある孤島地下の最深部にアンゴルモアが設置されていることを摑んでいる。それからあらゆる手段を駆使して島の構造を徹底的に解析した。内部は堅牢《けんろう》にガードされているうえ迷路のように複雑だ」

スクリーンには島の内部映像が浮かび上がった。地下深く続く、入り組んだ通路には多数の高射砲にミサイル。これも件《くだん》のゲームにそっくりだ。

「我が軍は最新兵器、そしてエース級の戦闘員やパイロットを送り込んで何度もアタックを試みたがいずれも失敗に終わった。そこでまだ開発途中だが最新鋭戦闘機を投入することになった。我々の最後の切り札だ」

「アルティメットファイターXか」

本宮さんが先読みすると大統領は頷いた。

「本機は敵の激しい攻撃網をくぐり抜けられるだけの機動力がある。しかし開発者が気合いを入れて性能を上げすぎた。あれを乗りこなすには人間離れした能力が必要なのだ。残念ながら我が軍にも友好国にも見つからなかった」

「なんじゃそりゃ。本末転倒じゃないか」

「だからこそ救世主なのだよ。我々はその人物を捜し出すこととなった」

「それがあのゲーム機ってわけか」

本宮さんが鼻で笑う。島の内部も、細い通路に設置された高射砲やミサイルの位置も忠実にシミュレートされているという。あのゲーム機はアメリカ合衆国政府主導で開発されたのだ。

「我々はゲーム機を世界中のゲームセンターに設置して二十四時間体制でモニタリングしていた。しかしながら常軌を逸した難易度ゆえ、誰もアンゴルモアにすらたどり着けない。諦めかけていたとき日本支部から情報が入った。アンゴルモアの直前まで到達したプレイヤーがいるとね。ミスター本宮、それが君だ。君はその時点で『救世主』の最有力候補となった」

大統領は本宮さんを指さしながら続けた。

「それからCIAはずっと君をマークしてきた。そして昨夜、我々は予言の決行が今日の二十四時ジャストであるという確かな情報をキャッチしたのだ。私はすべての執務を中断して、このエアフォースワンに乗り込みすぐに日本に飛んだ。さらに先ほど、君がアンゴルモアを撃破したという情報が入った。それによって君が救世主であることが確定された。しかしその情報は外部に漏れていたようだ。我が政府にもフェアチャイルドの息のかかった者たちが数多く紛れ込んでいる。彼らはノストランズを使って君の抹殺を目論んだ。我々は直ちに君の身柄を確保するため、二人のトップエージェントを送り込んだというわけだ」

ノストランズの攻撃が今日になっていきなりエスカレートしたのはそういうことだったのだ。

「外を見たまえ」

クリントンに促されて僕たちは窓から外を眺めた。大型輸送機からカラスを思わせる形状の漆黒の機体が運び出されている。件のゲームで本宮さんが操縦していた戦闘機とまったく同じ型だ。

「合衆国が極秘裏に開発した最新鋭戦闘機アルティメットファイターXだ。本宮くん、ここまで説明すれば君がするべきことは分かるね？」

今すぐあれに乗り込んで、秘密基地の最深部でガードされている究極殺戮兵器アンゴルモアを破壊してこい、というわけだ。

「アメリカ大統領がどんだけ偉いのか知らんが、ムチャクチャなことを言うオッサンだな」

と本宮さんが毒づく。

通訳の男性が大統領に耳打ちすると正確に伝わったのか、彼の表情が曇った。

「君を応援したいと言っている女性がいる」

そう言って彼はパチンと指を鳴らした。部屋の奥の扉が開いてブロンドの若い女性が入ってきた。彼女は細身の体にピタリと貼り付く露出度の高いピンクのドレスを纏《まと》っていた。僕も知っている女性だ。彼女の姿を最近映画館のスクリーンで観たばかりだ。

本宮さんが喉をゴクリと鳴らした。ブロンドの髪をなびかせている女性を見つめる瞳がキラキラと輝きだした。

「紹介しよう。映画女優のキャメロン・ディアスさんだ。私も『メリーに首ったけ』

の彼女を観てから大ファンだよ」

大統領はキャメロンの手の甲にキスをしてエスコートした。彼女はセクシーに腰をくねらせながら本宮さんに近づいていく。長身の彼女は本宮さんを見下ろしてほんのりと微笑んだ。

「モトミヤサン。わたしタチ、ジンルイを、スクッテくだサイ」

いかにも丸暗記したばかりと言わんばかりの片言の日本語で告げると、彼女は本宮さんの頬に形のよい唇を当てた。彼の顔はまるで沸騰したように赤くなった。

「イエッサー！　マイハニー、サー」

彼は両足を勢いよく揃えると背筋を伸ばしてキャメロン・ディアスに敬礼をした。彼女も敬礼と一緒に、心を持っていかれそうなチャーミングな笑みを返した。

＊＊＊＊＊＊＊＊＊

「だからなんで僕まで行くことになるんですかぁ」

ヘルメットを被った僕は口元のマイクに向かって言った。一人がやっと収まるシートの前には複雑な計器類や、さまざまな情報を表示しているモニタが並んでいる。機内には本宮さんのリクエストで、最近やたらとブレイクしている宇多田《うただ》ヒカルの最新曲が流れていた。

「お前、取材なんだろ。だったら最後までつき合えよ」

僕の前のコックピットに座る本宮さんの声がマイクを通じて伝わってくる。

「そりゃ、そうですけど……」

「人類史上に残る瞬間に立ち会えるんだ。人類滅亡を阻止する俺ってどう考えてもイエス・キリストより偉大だろ」

「そんなこと言って本当に大丈夫なんですか。あのゲームだって一回しかクリアできてないじゃないですか」

「リスクを怖れていてはジャーナリストなんて務まらんぞ」

「自分なんてキャメロン・ディアスにのぼせてたくせに」

僕はそっとつぶやいた。本宮さんは『メリーに首ったけ』を二十回観たと言っていた。なにを隠そう実は僕も大ファンである。

「そんなことより今村屋のお好み焼きを食いたくないか？」

本宮さんが唐突に話題を変えた。

「そりゃあ、食べたいっすよ」

今村屋は僕たちの高校の近くにある駄菓子屋で、そこで焼いてくれるニラレバ入りのお好み焼きが格別に美味《うま》いのだ。生徒たちに人気がある。

「ノストラダムスの予言が当たったら食えねえんだぞ」

「そ、それは……困りますね！」

こんなことになるのなら全財産つぎ込んで気の済むまで食べておけばよかった。

「だろ。だから大丈夫だ」

「なんで大丈夫なんですか。意味が分かりませんよ」

「今村屋のお好み焼きを守るためなら俺は本気を出すってことだ。知ってるか？」

「なにを？」

「俺が本気を出せば歴史は変わるんだ」

「じゃあ、変えちゃってくださいよ！」

本宮さんが大口を叩いているだけでないのを知るのはそれから少しあとのことだ。

ジェットエンジンからキーンと甲高い音が聞こえて機体が滑走路の上を動き始めた。

二人を乗せた戦闘機は自動操縦で秘密基地のある島まで三時間ほどで到着するらしい。

そこからは本宮さんの出番というわけである。

スピーカーから司令官の声が聞こえてくる。いよいよテイクオフだ。僕の下腹部がキュッと縮こまる。

「生きて帰ったら今村屋のお好み焼きを食おうな」

本宮さんのその台詞が代表的な死亡フラグであることを知るのもずっとあとのことだった。

死亡フラグが立つ前に

今年の八月は猛暑を通り越している。渋谷駅前のスクランブル交差点で信号待ちをしている若者たちが意識の遠のいたような顔をして横断歩道を挟んで向き合っていた。僕もそのうちの一人だ。映画館の帰り、六歳になる娘のカスミと手をつないで、フライパンのように熱されてぼんやりとゆらめく路上の空気を通して、東急《とうきゅう》百貨店の壁に掲げられた新作ドラマの看板を眺めていた。

「パパ、お口渇いちゃった」

カスミが僕の袖を引っぱりながら、どんぐりのような瞳を僕に向ける。さすがにこの暑さだ。適度に水分を取らないと熱中症になってしまう。小さな子供の場合、特に注意が必要だ。

「横断歩道を渡ったら駅のキオスクで何か買おう」

「わたし、オロナミンCがいい」

カスミは子供なのにオロナミンCが大好きだ。去年、離婚した彩《あや》の影響だろう。僕たちはお見合い結婚だった。さまざまな面でお互いに価値観が合わず、気がついたら離婚届に判を押していた。もともと母性の乏しい彼女は実の娘であるカスミに愛着を持っていなかったようだ。カスミをどうするかという話になったとき、「あなたに任せるわ」と冷ややかに言い放った。そんな母親のぬくもりの低さを感じ取っていたのか、カスミ自身も母親とは微妙に距離をとっていたように思う。

「はい、パパ。これあげる」

カスミは首から下げている、熊のデザインが入ったポーチのファスナーを開けて中からビー玉をひとつ取り出した。表面はシャボン玉のように青や紫がうっすらと滲《にじ》んでいる。

「ありがとう。パパの宝物にするよ」

カスミはビー玉が大好きでいろいろなデザインを集めている。家に帰るとカラフルなビー玉が化粧ボックスいっぱいに入っている。お気に入りのいくつかをポーチの中に入れていつも持ち歩いているのだ。

僕は赤信号に視線を戻す。八月の熱気が時間の流れを鈍化させている。たった一秒が妙にもどかしく感じてしまう。

横断歩道の向こう側に真っ赤なロングコートを纏った女が立っていた。暑さで脳みそがさぼっているためなのか、僕の目に映る風景は色彩を失っていた。その中で女のコートの色だけははっきりと際立っている。この猛暑の中で真っ赤なロングコートのボタンを首まできちんと留めて、暑苦しそうな黒髪を腰のあたりまで垂らしている。熱気でゆらめく空気が視界を歪《ゆが》めているのだろうか。女の表情がはっきりしない。白目に対して異様に大きな黒目と、こちらも大きめの口だけがぼんやりと見て取れる。真っ赤な長袖から覗く手は何かを握っている。それは太陽を反射してギラギラと光っている。

包丁？　まさか。そんなものを持っていれば周囲の人間が騒ぎ出すはずだ。しかし誰も彼女のことを気に留めている様子はない。

「カスミ、こんな暑いのにすごい恰好《かっこう》しているオバサンがいるねえ」

僕が声をかけると、カスミはけだるそうに顔を上げて交差点の向こう側に目を細めた。

「どこぉ？」

娘は暑さに辟易《へきえき》したようにうんざりとした顔を僕に向ける。

「真っ赤なコートのオバサンだよ。ほら、向こうに立ってるだろ。長い黒い髪で、背の高いオバサン」

僕は女性の方を指さした。

「パパ、そんなオバサンいないよぉ。それよかオロナミンC飲みたいよぉ」

カスミが僕の袖を引っぱりながらだだをこね出す。

「本当に分かんないの？　あんなに目立つのに」

交差点の向こうは人混みの壁ができ上がっている。白や淡い色系のシャツは周囲と同化して個性を失っているが、コートの女性だけはその中でも際立っている。

やがて信号が青に変わる。堰《せ》き止めていた水があふれ出すように人々が交差点になだれ込む。女も歩き出していた。手にギラギラと光るものを握っている。

「ほら、あのオバサンだよ。こんな暑いのにどうしてあんな厚着をしてるんだろうね」

僕は失礼を承知で女性を指さした。ここから十五メートルほどだろうか。さすがにこの距離まで迫れば分かるだろう。なのに娘は頬を膨らませながら、うんざりしたように頭を振った。

そのときだった！

歩行者で埋め尽くされたスクランブル交差点の真ん中に突然、大型トラックがタイヤを軋ませながら、猛烈な勢いで突っ込んできた。歩行者の多くがなぎ倒され、多くが吹き飛ばされた。

周囲はパニックになっていた。何十人もの若者たちが路上に倒れている。暑さのせいなのか、僕にはリアルに感じられなかった。

トラックはそこから二十メートル先で停車した。車体の前方は血で汚れている。運転席の扉が乱暴に開いた。中から工員風の、水色の作業着を着た青年が現れた。頭髪を短く刈り上げて眼鏡をかけている。小太り気味で短軀な男だった。男の右手にはサバイバルナイフが握られている。太い眉毛をつり上げて、血走った眼球をぎらつかせながら僕の方に向かってくる。男は周囲の人間を切りつけながら足取りを速めた。

「パパ！　逃げようよっ！」

カスミが僕の手を引っぱる。僕は娘の手を離した。暑さのせいだろうか。まだ僕には現実感がなかった。なのに不思議と足が動かない。周囲は完全にパニック状態に陥っているのに彼らの喚きと叫びがわんわんと耳の奥の方で響くだけだ。流れる人垣の隙間から男の姿が見え隠れした。男の顔は返り血で濡れていた。

「パパッ！」

カスミの声に我に返る。男はすぐ近くまでやってきている。人々の多くは歩道に避難したので、路上に点々と転がる被害者たちを見渡すことができる。

「カスミっ！」

僕はカスミを探した。僕の周りには誰もいない。娘の姿も見あたらない。やがて男のぎらついた目と視線が合ってしまった。僕は逃げようとする。しかし足がすくんで動かない。遠くの方でカスミの声が聞こえたような気がした。男の背後、遥か向こうから警察官たちが駆け寄ってくる姿が見えた。しかし遅い。男はすでに僕の目の前に立っていた。彼は妙に血色のいい唇を舐《な》めながら嬉しそうに笑った。

「べつに誰だってよかったんだよ」

男は僕に向かってナイフを握った右手を振り上げた。

殺される！

思わず目を閉じた。しかし痛みや苦しみはやってこない。僕はおそるおそる瞼《まぶた》を開いた。

赤いコートの女が男の背後に立って、彼の振り上げた右腕の手首をつかんでいた。女は男よりも長身だった。長い黒髪が簾《すだれ》のように顔にかかっていたので、この時点でも彼女の顔立ちを見極めることができなかった。しかしサラサラと流れる一本一本の髪の隙間から、黒真珠のように無機質な光を放つ大きな黒目が僕を見つめていた。女の片方の手には包丁が握られていた。あの輝きはやはり包丁だったのだ。女は男の喉元へ刃先を当てると、勢いよく横へ滑らせた。たまらず男は片手で傷口を押さえるが、指の股からも血があふれてくる。やがて喉元を掻《か》きむしりながら、糸の切れた操り人形のように崩れていった。それと同時に僕の意識も遠のいていく。

「八月十四日……」

意識を失う瞬間、僕の耳は女の言葉を拾っていた。

＊＊＊＊＊＊＊＊＊

「冬馬《とうま》、暑さで頭がイカれてたんだろ。あの日、都内の病院は熱中症患者で満員御礼だったらしいぞ」

高校からの友人である陣内トオルが、コーヒーを口に含みながらケータイのワンセグを僕に向けた。どのチャンネルを選んでも、渋谷スクランブル交差点通り魔殺人事件ばかりだ。あれから三日が経《た》つ。

通り魔男は大手自動車メーカーの工場に勤務する期間工だった。不安定な収入に社会的立場、努力しても報われない現状。そこに失恋が重なって男は自暴自棄になった。ネットの掲示板で犯罪をほのめかすような書き込みをして実行に移した。しかし通り魔男にとって思わぬ結末が待っていた。

赤いコートの女に喉を掻き切られた——。

これが僕の見た光景だ。僕は男の返り血を浴びながら気を失った。しかし現実はそうではなかった。男の死因は心不全。僕を目の前にして彼の心臓は急停止した。

「そのときの動画もネットに流れたよ」

陣内がモバイルパソコンを開いて画面を僕の方に向けた。

「こいつが通り魔、そしてこれが冬馬、君だろ」

「こんな映像があったんだ」

陣内が指さす映像にはスクランブル交差点で茫然《ぼうぜん》と立ち尽くす僕が映っていた。

「うん。現場にいた誰かさんがビデオカメラで撮影したものだろう。ネットにアップロードされていたけど、すぐに削除されたよ。これはそれを保存したものだ」

僕は動画に目を凝らした。トラックの運転席から飛び出た通り魔男が、通行人を切りつけながら僕の方に向かってくる。途中、カスミが僕の手から離れて、近くにいた女性に歩道の方に引っぱられていった。そのおかげで娘は無事だった。

やがて男は僕の前に立った。僕は動かない。突然の恐怖に足がすくんでいたのだ。男は僕に向かって包丁を握った右腕を振り上げる。僕の記憶ではこの時点でコートの女が背後に立っているはずだ。しかし映像に女の姿はない。

そして通り魔に異変が起こる。彼はナイフを路上に落として、苦しそうに喉を掻きむしり始めた。それから間もなく男は崩れるように倒れた。その直後、僕も気を失った。

「ていうか九死に一生だよね。このタイミングで心臓発作って、どんだけ強運なんだよ。死者十二人、負傷者十五人も出てるんだぜ」

「なあ、陣内。でも僕は見たんだよ。赤いコートの女が僕を救ってくれた。絶対に幻覚なんかじゃない！」

陣内が肩をすくめる。たしかに自分の言っていることが常軌を逸していることは自覚している。

「分かってるって。僕も冬馬がそんなつまらん嘘《うそ》をつくような男じゃないことは知ってるさ」

　そう言いながら陣内はバッグの中から一冊の雑誌を取り出して僕の前に置いた。僕はその雑誌を手に取ってみる。『アーバン・レジェンド』と派手なフォントでタイトルが打たれている。『アーバン・レジェンド』は日本全国の都市伝説を扱った、マイナー出版社から刊行されているオカルト誌だ。フリーライターの陣内トオルはその雑誌の記事を担当しているというわけである。そんな彼に連絡を取って当時見たことをそのままに伝えた。こんな非現実的な話をできるのはやはり陣内しかいない。僕の話に興味を惹《ひ》かれたのか、彼は直接会って話をしたいと持ちかけてきた。どこか頼りなさそうな印象を受けるが顔立ちはそこそこに整っている。合コンなら二番人気といったポジションだろうか。

「典型的な『狩猟者《しゅりょうしゃ》』だね」

　陣内が雑誌の表紙を指さす。去年の号だ。そこには『狩猟者特集』と謳《うた》われていた。

「中世以前から世界各地に数多くの報告例がある。ここ百年でいえばポーランドでは結合双生児、フランスのリヨンではナチスの軍人、ブルキナファソの首都ワガドゥグーでは黒人の大女が狩猟者だったという記録が残ってる」

　僕には彼の言うことが今ひとつ理解できなかった。結合双生児？

「うん。共通しているのは一度は彼らに命を救われていることだ。しかしそれは善意ではないんだよ。彼らは狩猟者だからね。狩るためにターゲットを救ったわけさ。冬馬の場合、通り魔に殺されそうになった。そして赤いコートの女に救われた」

たしかに僕はあの女に救われたということになるだろう。彼女がいなかったら他の被害者たちと同じ運命をたどっていたはずだ。

「つまりその女が僕の狩猟者というわけ？」

「そういうことになるね。その女が今度は冬馬を狩りにやってくるというわけさ。狩猟者はターゲットによって姿がまったく違うけど、どういうわけかターゲット以外の人間にはその姿が見えないようなんだ。衣服や持っている武器も含めてね。そして彼らの手によって命を落とした人間の死因は皆、心不全なんだよ。僕もその手の文献をさんざん漁ったんだけど、国や時代の違いはあれど狩猟者の特性はおおむね一致している」

通り魔男の死因も心不全だった。しかし、彼はあの女に喉を切られて絶命したのだ。女の姿が見えていなかった。周囲の通行人たちも然《しか》りだ。女の持っていた包丁も彼らには見えなかったと思われる。明らかに狩猟者の特性だ。

「僕はあの女のターゲットになっているというわけか。もし彼女に捕まったら……」

「ああ。世間的には心不全の突然死だろうね。とにかく逃げるしかない」

「逃げるってどうやって？」

「文献によると狩猟者はリアルな世界の法則に則《のっと》って行動する。つまり壁をすり抜けることや空を飛んだりすることはできないんだ。だけど不死身らしいんだよ。拳銃で撃ったり、高いところから突き落としたりすれば、一時的にダメージを受けるみたいだけど絶対に殺せない」

「ターミネーターみたいじゃないか」

「そうだね。彼らはあらゆる手を使って追ってくる。ロックオンされたらとにかく逃げるしかない」

「マジかよ」

僕は窓の外を見下ろしてため息をつく。ここの喫茶店は雑居ビルの二階にあり、大通りに面した歩道は通行人でごった返していた。

「ああ、そうそう。文献にあったんだけど、息を止めている間は狩猟者もこちらが見えないらしいよ」

「呼吸を止める……」

「そう。ちょっとでも吸ったり吐いたりしたらダメらしいけど」

そうは言っても呼吸を止めていられる時間はそう長くない。せいぜい一分弱だろう。

「だいたい狩猟者ってのは何者なんだよ？」

「都市伝説の権威にシュミット・ローゼンシュタールという学者さんがいるんだけど、

彼は狩猟者を『異《い》なる者』と呼んでるんだ。幽霊や宇宙人とはまた違う、異次元とか異界に存在する精神的な生命体とでもいうのかな。霊長類の頂点に立つ人間よりさらに上の存在。狩猟はそんな彼らの戯れだというわけだ」

「戯れで狩られちゃたまんないよ。それで何かこう、やっつけちゃうような方法はないの？」

僕はすがるような思いで陣内に尋ねた。

「狩猟者のやつらにとってこれはゲームなんだ。ゲームってのは片方が無敵だったらフェアじゃない。フェアじゃなければゲームにならないだろ。だから彼らは敢《あ》えて自分自身に弱点を設定しているようなんだ。呼吸を止めると見えなくなるというのもそのひとつだろう」

「ホントかよ、それ」

「現に狩猟者に狙われて、生き残った人間が少ないながらも存在するんだ。生存者に関する文献もいくつかある。彼らは狩猟者の追跡をかわしながら、弱点の謎を解いたんだよ。たとえばポーランドのシャム双生児のケース」

僕はシャム双生児が追いかけてくるシーンを想像した。相当に不気味なものがある。しかしその異形もターゲットの人間以外には見えないのだ。

「ヨーゼフ・メンゲレの写真を見せたら消えてなくなったそうだ」

「ヨーゼフ・メンゲレ？」

外国人の名前だろうが聞いたことがない。知らない人物だ。

「ああ。戦時中、アウシュビッツ収容所で生体実験を繰り返していた実在するマッドサイエンティストだよ。彼は双子の体を神経や血管もろとも縫い合わせて人工的にシャム双生児を作ろうとしていたそうだ。シャム双生児姿の狩猟者の体にはその縫い目があったらしい。それでターゲットとなった人物はピンと来たそうだ。あのシャム双生児はメンゲレ博士に由来するものだとね。アウシュビッツに収容されたことのある彼の祖父からさんざん聞かされた話らしい」

つまり赤いコートの女にもそれと似た弱点が設定されているというわけか。弱点を見いだされる前に獲物を仕留める。それが彼らのゲームなのだ。

「だけど何で僕が狙われるんだよ？」

「シュミット博士の研究によると狩りの間隔や頻度や地域もバラバラだ。短期間にヨーロッパに集中したこともあれば、百年くらい報告が出ない時期もある。おそらくすべては無作為なんだろう。今回はたまたま渋谷が舞台で君が選ばれた。これって宝くじの一等賞が連続して当たるより低い確率だと思うよ」

「そんなあ」

僕は泣きたくなった。宝くじどころか商店街の福引きすら当たったことがないのに。

そのとき目の端に赤いものがよぎった。僕は窓の外に視線を移す。大通りを挟んで人々が信号待ちをしている。その集団の中に女はいた。あの日と同じ、長い黒髪に赤いロングコート姿だ。

僕は思い出した。気を失う寸前に聞いた女の声。低く地を這うようなそれでいて壊れた無線機のようなどこかざらつく声質だった。

「八月十四日……」

今日の日付だ。陣内は、今起こっていることは彼らにとってゲームだという。ゲームならフェアでなければならない。これは予告だ。狩猟者はターゲットにゲームスタートの日時を宣告したのだ。つまりゲームはもう始まっているということになる。

「陣内、窓の外を見てくれ。向こう側の歩道に狩猟者がいる」

陣内が立ち上がると身を乗り出して窓の外を眺めた。僕は「あそこ」だと女の方を指さす。しかし陣内は信じられないと言わんばかりに首を傾《かし》げた。

「僕にはロングコートの女なんて見えない」

「本当に見えないのか？」

信号が青になった。信号待ちの群れが動き出す。コートの女も包丁片手に横断歩道を渡り始めた。そこからこの店が入っている雑居ビルまで数十メートルほどしかない。女は明らかにこのビルに向かっている。気がつけば僕の息は荒くなっていた。

「冬馬。すぐに逃げた方がいい。捕まったら終わりだ」

「なあ、陣内。どうすりゃいい？　僕には小さな娘がいる。僕が死んだらあの子は独りぼっちになっちゃうよ」

恐怖が沸騰したようにわき上がってくる。僕は思わず陣内の腕にすがりついた。その反動でテーブルの上のカップがカチャカチャと音を立てた。

「とにかく逃げろ。僕の方でもいろいろと調べてみるから。分かったらすぐにケータイで知らせる。だけど、ただ逃げ回っているだけじゃダメだ。君もなんとかして撃退法を探るんだ」

女は赤いコートに黒く長い髪を揺らせながら、真《ま》っ直《す》ぐこちらに向かってくる。他の通行人は真夏の暑さに身体《からだ》を引きずらせるようにして歩いているが、季節外れの、それも派手な色をした衣装の女に気を留めようとしない。ましてや刃物を持っている。女の姿も服も包丁も明らかに見えていないのだ。狩猟者本体だけでなく身につけているものすべてが「異界の物質」というわけか。

やがて女は店の真下にやってきた。そして二階、僕たちの覗く窓を見上げる。僕は思わず顔を引っ込めた。その反応を見て陣内が察した。

「真下にいるのか？」

僕は小刻みに首肯した。陣内は窓の外を眺めて首を横に振る。やはり見えないらしい。

「とにかく逃げるよ。ここの支払いは頼む。あとで返すから！」

「冬馬、死ぬなよ。そしてヤツに打ち勝ったら僕に取材をさせてくれ」

彼に応じる余裕もなく、僕はバッグを持ち上げると喫茶店を飛び出た。雑居ビルは細長い構造になっており各階に一軒、店舗が入居している。そして階段とエレベーターがひとつずつ設置されている。僕は階段を下ろうとしたがホールで足を止めた。一階から二階へ向かう途中の踊り場の壁に、長い髪の女のシルエットが浮かび上がる。手すりの隙間から階下を覗き込むと、はたして赤いコートと黒髪が見えた。

僕は周囲を見渡した。しかし他に出口が見あたらない。廊下の奥に男女兼用のトイレがある。階段に視線を戻す。踊り場に赤いコートの一部が見えた。僕は反射的にトイレに飛び込んだ。トイレは入り口付近に洗面台、窓際に男性用便器が二基、そして男女兼用の個室が二つ、一番奥に小さな物置が設置されていた。僕は入り口に近い個室に入り込んだ。扉を閉めて鍵をかけようとする。しかし鍵がかからない。誰かのイタズラだろうか、スライド式の鍵棒が曲げられていて鍵穴に適合しない。頭の中がかあっと熱くなる。力任せに押し込もうとするが、変形によるズレが大きすぎてどうにも嵌《はま》らない。隣の個室に移動しようか？　そう考えたとき、入り口の扉がガシャンと音を立てて開いた。それから間もなくヒールの音が中に入ってきた。女のシルエットがスウッと伸びてくるのが閉まりきらない個室扉の隙間から見えた。やがて赤いコートと長い黒髪が隙間を何度もよぎる。右手に握られた包丁も見え隠れする。

僕は口に手を当てて呼吸を止めた。

ギギィィと引っ掻くような音を立てて扉が開かれる。外には女が立っていた。僕は口に押し当てた手のひらに力を込めた。陣内によれば、呼吸を止めていれば女には僕の姿が見えないはずだ。僕は奥の壁に背中を押し当てながら女と向かい合った。こんな間近なのに相変わらず女の顔が靄《もや》がかかったようにはっきりしない。大きめの黒目と口だけがぼんやりと見て取れる。笑っているようにも泣いているようにも見える。

女は黒髪をサラサラと揺らしながらじっと僕の方を眺めていた。僕はとにかく息を止めて目を閉じた。この状態をいつまで保てるだろう。早くも限界を感じる。吸っても吐いてもアウトなのだ。

突然、コツンと足音が聞こえた。ゆっくりと目を開くと視界から女が消えていた。脳内の酸素が不足しているせいなのか、風景が滲んで見える。やがて隣の個室の扉が開かれる音が聞こえた。やはり女に僕の姿は見えていなかったのだ。

しかしもう限界だ。僕は大きく深呼吸すると個室を飛び出した。右目の端に赤いものが一瞬だけよぎった。さほど大きくない部屋の壁や、洗面台に何度も身体をぶつけながら出口をくぐり抜け、そのまま一目散に階段に向かう。階段を転がるように駆け下りながらビルの外に出た。出入り口の段差につまずいて転倒する。僕はひざまずいて呼吸を貪《むさぼ》った。酸素不足で頭がクラクラする。なんとか立ち上がると、とりあえず走り出した。どうするかなんて思いつかない。

闇雲にダッシュをかけたので数百メートルも走ると息が上がった。限界まで呼吸を止めていたこともあって尚《なお》さら持続しない。路地に身を潜めると今まで走ってきた歩道を覗き込んだ。どうやら追ってきてないようだ。僕は安堵《あんど》していっとき呼吸を楽しんだ。数分もすると徐々に呼吸が整ってくる。

今一度、路地から顔を出して歩道を確認した。赤いコートだったらすぐに目につく。今のところ姿が見えない。しかしあの狩猟者が獲物を諦めたとは思えない。そのとき目の前の歩道脇にタクシーが止まった。中では初老女性の客が勘定をしている。やがて老女はのんびりとタクシーから降りてくる。

助手席の窓ガラスに僕の姿が反射して映っていた。さらに僕のずっと背後に赤い影が揺れている。

狩猟者だ！　路地を迂回《うかい》して追ってきたのだ！

僕は振り返らなかった。反射的に歩道に飛び出してタクシーに飛び込む。老女がびっくりして尻餅をついたが、彼女にかまっている余裕がなかった。

「運転手さん！　早く出してっ！」

僕は財布から一万円札を取り出すと運転席に放り投げた。一万円が効いたのか客席の扉が閉まるとタクシーはタイヤを軋ませながら発進した。後部席から振り返ると路地からコートの女が姿を見せたところだった。老女はまだ尻餅のままだ。

「マジかよ……」

女は僕の姿を見定めるといきなり走り出した。包丁を持った右手と空いてる左手を激しく交互に振り、長い髪の毛を後ろになびかせながら車道を駆ける。遠ざかって小さくなっていた姿も徐々に存在感を増していた。車を足で追いかけようとする執念とひたむきさに怖気《おぞけ》が走った。

「頼む、運転手さん、スピード上げてくれ！　追いつかれる！」

僕は運転席に身を乗り出して運転手に訴えた。

「追いつかれるって何にですか？」

室内ミラーに映る彼は苦笑している。無理もない。彼には女が見えないのだ。

「とにかく急ぐんだ。釣りはいらない。頼むからスピードを上げてくれ」

女との距離は、縮まることもない代わりに離れることもない。しかし突然、車が止まってしまった。

「なんで止まるんだよっ！」

「信号が赤ですよ。無茶言わないでくださいよ」

僕は歯ぎしりして後ろを向いた。女の姿が徐々に大きくなってくる。こちらに向かって一心不乱に駆けている。

「ドアを開けてくれっ！　降りるからっ！」

僕は運転席に向かって叫んだ。客席のドアが開くと、僕は転がるようにして車を出た。急いで後ろを見る。女が百メートルほどにまで迫っている。包丁を握りしめながらさらに速度を上げた。

逃げるしかなかった。僕は叫び声を上げながら歩道を走り出す。通り過ぎていく歩行者たちが訝《いぶか》しげに僕を一瞥《いちべつ》する。背後に迫り来る女の気配を感じていた。振り返ればすぐ背後に女が張りついていそうな気がした。

公園前を過ぎてしばらく走ると、前方に赤い球形の門灯が目に入った。交番だ。僕は迷わず交番の中に飛び込んだ。さほど広くない建物の中には制服姿の警官がカウンターの向こうで書類作業をしている。僕はカウンターを跳び越えて警官の背後に回った。

「なんなんだ、いったい？」

初老の警官が目を丸くして立ち上がる。

「こ、殺され……るん……です」

猛ダッシュしてきたばかりなので息が整わない。僕は膝に手をついて咳をまき散らした。警官が近づいてきて僕の背中をさすってくれた。

「おい、君、大丈夫か？　殺されるってどういうことなんだ？」

「お、女です。赤いコートの……長い髪の……女です」

ダメだ。呼吸が乱れたままだ。この状態ではしばらく呼吸を止めることは不可能だ。

間もなく入り口に女が姿を現した。包丁を握ったまま建物の中に入ってくる。しかし何から何まで不自然な女の姿に警官は気づかない。

「この真夏にコートかい？　あんた、クスリやってんじゃないだろうね」

女はカウンターを挟んでじっと僕たちの方を見つめている。手を伸ばせば届きそうな距離に立っているのに相変わらず顔立ちがはっきりしない。顔の前をダラダラと流れる黒髪の隙間から大きな黒目が僕に向いているのが分かる。

「お巡りさんの後ろに立っている女です」

僕は警官の背後、女の方を指さした。彼は面倒くさそうに首をひねると一応といった様子で背後を確認した。分かり切っていたことだが彼には見えない。

「おい、警察をからかってんのか」

警官が僕の方に詰め寄ってくる。それに合わせて女がカウンターの脇を通ってこちらのブースに入ろうとしている。見えないことをいいことに一気に迫ってくるつもりだ。僕は後ずさった。

「すいません！　今日はこれで失礼します！」

　僕は百八十度向きを変えると奥の部屋に飛び込んだ。部屋は六畳間の畳敷きになっていた。僕は靴を履いたまま部屋を横切ってスライド式の窓を開けた。

「おい！　こらっ！」

　背後から警官の怒鳴り声が追いかけてきた。それより早くアルミサッシを乗り越えると裏庭に降りた。振り返ると女が警官の脇を素通りして部屋の中に入ってきた。もちろん彼は気配にも気づかない。

　僕は慌てて周囲を見回す。外壁に鉄パイプが立てかけてあった。長さ一メートルほどだろうか。僕はそれを握りしめた。やがて女が窓枠に足をかけて乗り越えようとする。僕は鉄パイプを思いっきりスイングさせて女のこめかみに叩きつけてやった。その瞬間、女の頭は弾けるように揺らいだが倒れなかった。

「な、なんなんだよ、オマエは！」

　僕はさらに一撃をくわえる。しかし女は一瞬よろめくだけで倒れない。恐怖はピークに達した。鉄パイプを女の頭に矢継ぎ早に叩きつけた。五回も打ちつけると女は膝をついた。僕は力任せに頭頂部に一撃を叩き込んだ。女はその場で崩れるとそのまま動かなくなった。

「なにやってんだ、君は」

先ほどの警官が呆れたような顔をして窓越しに僕を眺めている。彼には女が視認できない。だから僕が鉄パイプをむやみに振り回している異常者にしか見えないだろう。僕は女が動かないことを確認しながら後ずさり、鉄パイプを放り出すとそのまま走り去った。

＊＊＊＊＊＊＊＊

「鉄パイプでボコボコにしたら動かなくなった。死んだかも」

受話器に向かって話しかけていると室内ミラー越しに運転手と目が合った。僕は受話器に手を当てて声を潜めた。

「残念だけどそれはないよ。なんたって不死身だから」

受話器を通して陣内が言った。僕はタクシーの中にいる。交番を立ち去ってすぐ、大通りでタクシーを拾った。

「このままタクシーに乗って遠くに逃げてしまえば、安全じゃないかと思うんだ」

狩猟者は異界の存在というが、この世界の法則に制限されているという。つまり時間を止めたり、瞬間移動のようなことはできないはずだ。そうなれば移動手段も徒歩または車輛《しゃりょう》や各種交通機関ということになる。今のうちに距離を取って身を隠せば狩猟者も追ってこれないだろう。

「そう上手《うま》くいくかなあ。彼らにとってこれはゲームなんだ。獲物を仕留めるために知恵を絞ってくる。そう簡単には逃がしてくれないはずだよ」

「そんなあ……」

「弱気になるな。気をしっかりと持て。さっきも言ったけど狩猟者には弱点が設定されているはずだ。それを突き止めることができればヤツを撃退できる」

「そ、そうか……。そうだったな」

しかし不死身の相手に弱点なんて存在するものだろうか。吸血鬼における十字架やニンニクのような類《たぐい》の弱点だろうか。それとも相手を一発で消し去ることのできる秘密の呪文でもあるというのか。

「冬馬。何でもいい。女について何か気づいたことはないか？」

「そういえば……。顔がはっきりしないんだ。磨《す》りガラスを通したように大きな黒目と口がぼんやり見えるだけなんだよ」

「顔がはっきりしない、そして赤いコートか……。何かのヒントになるかもしれないな」

突然、僕のケータイにキャッチが入った。液晶画面には「カスミ」と娘の名前が表示されている。それを見て妙な胸騒ぎに襲われた。

「すまん。娘からキャッチが入った」

僕は受話器の表示を確認しながら通話をカスミに切り替えた。

「カスミ、どこにいるんだ？」

「うちだよぉ。パパこそ、どこにいるのぉ？」

カスミが泣きそうな声で僕の所在を尋ねる。何かに怯えているようだ。

「パパはタクシーの中だよ。いったいどうしたんだよ？」

「誰かがうちの外にいて、玄関のドアをガチャガチャやってるのぉ。小さな窓から覗いてみたんだけど、誰もいないのよぉ。怖いよぉ！」

僕とカスミは賃貸マンションでの二人暮らしだった。タクシーでここから十五分程度の距離にある。七階建ての建物で僕たちの部屋は三階の２ＬＤＫ。妻と別れてから今の物件に引っ越した。カスミの言う小さな窓とは玄関扉についている魚眼レンズのことだ。誰もいないのではない。娘にはそこにいる女が見えないのだ！

僕は体温が下がっていくのを感じた。

女はやはり死んでいなかった。僕をおびき寄せるためにカスミを狙っているのだ。

そしてそのやり方は正しい。父親である僕に娘を見捨てることなどできるはずがない。

僕は運転手にマンションの住所を告げて急ぐように促した。

「カスミ。パパの言うことをよぉく聞くんだ。いいね？」

「う、うん」

カスミが弱々しく答える。

「パパが合図をするまで絶対に家のドアを開けちゃダメだ。たとえママが来たとしても開けるんじゃないよ。鍵をしっかりとかけておくんだ」

「ママが来ても？　どうして？」

元妻が訪ねてくる予定はないが、万が一ということもある。とにかく鍵をかけておけば開けられることはないはずだ。

「いいから。パパが来るまで絶対にドアを開けるんじゃないぞ」

「外にいるのはオバケなのぉ？」

「うん。とってもとっても怖いオバケなんだ。部屋の中に入ってきたらカスミを食べちゃうかもしれない」

受話器の向こうで息をのむ音が聞こえた。脅しては気の毒だと思ったが、今はそのくらい徹底した方がいい。

「パパ〜。怖いから電話切らないでぇ。またドアがガチャガチャいってるよぉ」

「大丈夫だ。すぐにパパが助けてあげるから。絶対に鍵を開けちゃダメだよ」

小さな女の子がたった一人で、外にオバケがいる部屋で留守番だ。相当に怖いだろう。カスミの境遇を思うと胸を掻きむしりたくなる。僕はずっとカスミに声をかけ続けた。

「カスミ。マンションが見えてきた。すぐ行くからそこで待ってるんだよ」

「お願い！　すぐ来て！　誰かがドアをガンガンって叩いてるよぉ」

カスミの切迫した声が僕の焦りを煽《あお》り立てた。

やがてタクシーがマンションの前に滑り込む。僕は運転手に一万円札を突き出して、釣り銭を受け取らずに外に飛び出た。

「まだ、音がするか？」

「う、うん。ガチャガチャいってるよぉ」

カスミは完全に怯えきっているようで声が上擦っている。音がするということは女は部屋の前の廊下にいるわけだ。僕は三階まで階段を上がるとホールからそっと廊下を覗き込んだ。僕の部屋はここから五戸ほど奥にあるのだが、はたして赤いコートの女が長い黒髪を揺らしながらドアノブに手をかけていた。もう片方の手は包丁を握りしめている。どうやら僕の方には気づいていない。僕は顔を引っ込めて身を隠した。

「カスミ、聞こえるか？」

受話器の向こうでカスミが「うん」と弱々しく答える。

「靴を履いてベランダに出てなさい。今からすぐに迎えにいくから」

僕は四階に上がった。僕の部屋のちょうど真上に湯沢知治《ゆざわともはる》という男が住んでいる。彼は大学時代のサークルの後輩であり、たまたま入居したマンションが一緒だった。娘のカスミもなついている。僕は湯沢の部屋のチャイムを鳴らした。

「冬馬先輩？　どうしたんすか。今日は仕事じゃないんですか？」

湯沢は翻訳の仕事をしているため自宅にいることが多い。そのせいか華奢《きゃしゃ》で色白で貧相な感が否めない。僕より二つ年下で独身だ。

「湯沢。頑丈なロープはないか？」

僕は半ば強引に彼の部屋に押し入ると、リビングの中を見回した。

「頑丈なロープ？　どうしたんです？」

「ちょっと訳ありでな。娘をここまで引き上げるんだ」

僕はベランダに出ると下を覗き込んだ。娘の名前を呼ぶと、カスミが手すりから顔を出して僕の方を見上げた。そして泣きそうだった顔をほころばせた。

「先輩、ロープはありませんけど延長コードならどうですか？　全部で四本あります。束ねると結構頑丈ですよ」

湯沢は色違いの延長コードを僕に差し出した。どれもおよそ五メートルほどある。束ねて引っぱってみるとたしかに頑丈だ。そして長さも充分に思えた。僕は四本のうち一本を残して、三本を束にしたロープの片方をベランダの手すりに強く括《くく》り付けた。そしてもう片方の先端を真下に垂らす。カスミは何事かとコードを見上げていた。

僕は手にコードを巻いて手すりを乗り越える。そしてコードに全体重を預けた。コードはギリギリと苦しそうな悲鳴を上げているが、なんとか支えてくれている。あとカスミ一人くらいの重さなら耐えられそうだ。しかし四階ともなると、落ちたら無事ではいられそうもない高さである。僕はなるべく地面を見ないようにして、コードを伝って下のベランダに降りていった。たかだか数メートルの高さなのでさほど難儀はなかった。

「パパ！」

カスミが胸に飛び込んできた。ぎゅっと娘を抱きしめる。腕に愛《いと》おしい感触と重みが伝わってきた。しかしここで悠長に過ごしてはいられない。玄関のノブはまだガチャガチャと音を立てている。

僕はカスミを背中に背負うと、残しておいたコード一本を体に巻き付けて娘を固定した。さらにカスミはしっかりと僕の首にしがみついているので、両腕を登ることだけに集中させることができる。軽いとはいえ子供を背負ったまま登るのは容易なことではない。コードを握ったまま手すりの上に立つ。カスミのしがみつく両腕に力が入るのが伝わってくる。彼女は顔を僕の肩に押しつけて下を見ないようにしている。僕は思いきって体重をコードに預けた。ユラユラと不安定に揺れているがコードの方はなんとか二人分の体重に耐えられそうだ。僕は両足をコードに絡ませながら少しずつよじ登る。ほんの数メートルだが果てしなく遠く感じられた。

「あなた、何やってんの？」

声がしたので肩ごしにベランダを見下ろす。女性が少し驚いたような顔を向けて腕組みをしながら立っていた。

「ママ！」

背後からカスミの声が飛ぶ。別れた妻の彩《あや》だ。彼女はマンションの鍵を持っている。こんなときに限って訪ねてきたのだ。

「ちょっと、降りなさいよ。なにバカなことやってんのよ。危ないでしょ！」

手を伸ばして僕を止めようとする彩の背後に赤い影が現れた。コートの女だ。女は手すりまで一気に距離を詰めると、身を乗り出しながら僕の足をつかもうとする。彩はすぐ隣の女にまるで気づかない。女と同じように手を伸ばして僕を阻止しようとしている。

「よせっ！　やめろっ！」

僕は二人の手を蹴飛ばしながら両腕に力を集中させた。上のベランダでは湯沢が心配そうな顔で見守っている。火事場の馬鹿《ばか》力だろうか、僕は一気にコードをよじ登ると、湯沢の部屋の手すりに手をかけることができた。湯沢が僕の体を引っぱり上げてくれる。なんとか手すりを乗り越えて、彼のベランダにたどり着いた。慣れない運動に両肩から腕にかけての筋肉がジンジンと痛む。握り拳に力が入らない。それでも僕は体に巻き付けたコードを解いて、カスミを解放した。湯沢を見て「おじちゃん」とカスミは嬉しそうに微笑んだ。

「カスミ、行くぞっ！」

　僕はカスミの手を引っぱってベランダから部屋の中に入る。靴は履いたままだ。

「ちょ、ちょっと、先輩、どうしたんすか？　カスミちゃんに何があったんです？」

「すまん、湯沢。今は説明している暇がないんだ」

　僕は玄関扉をそっと開けて隙間から外を覗き込んだ。廊下には誰の姿も見えない。僕たちは廊下に出ると階段に向かう。そしてホールから階下を覗き込んでみた。すると手すりと手すりのわずかな隙間を赤いものが横切った。その影は階段を上り始める。右手に刃物を握った、長い髪の女のシルエットが見え隠れした。それを追いかけるようにして彩の姿もよぎった。彼女には女の姿が見えていない。僕たちを追いかけて湯沢の部屋へ向かうのだろう。

「カスミ、こっちだ」

　僕はカスミを抱きかかえると、すぐに廊下に戻って突き当たりまで走る。そして「非常口」とプレートの貼ってある扉を開けた。そこには鉄製の非常階段がむき出しのまま螺旋《らせん》状に走っている。僕はカスミを促して階段を下りる。このマンションに越してきて数ヶ月が経つが非常階段を利用するのは初めてだ。

「オバケが来るの？」

カスミは階段を下りながら不安げに僕を見上げる。

「うん。でも大丈夫だよ。パパがカスミを守ってあげる」

「カスミは平気だよ。オバケなんて怖くないもん」

父親がそばにいて強気になったのか、娘が頼もしいことを言う。僕はカスミの頭を撫でた。地上に降りて僕たちはマンションを見上げた。

「カスミィ！」

四階の湯沢のベランダから彩が両手を大きく振っている。

「パパ、ママが呼んでるよ」

カスミが彩に手を振りながら言った。

「すぐにここから逃げよう。ママの隣にオバケがいるんだ」

「ええ？　湯沢のおじちゃんはオバケじゃないよ」

「おじちゃんの反対側にいるんだよ。さあ、行くよ」

手を振っている彩の左隣に湯沢が立っている。しかし彼女のすぐ右隣では赤い女が僕たちを眺めていた。もちろん僕以外に彼女の姿は視認できない。

たまたまタクシーが通りかかったので手を上げて止める。

「どこでもいい。ネットカフェにお願いします」

タクシーに乗り込むと僕は運転手に告げた。発進した直後、僕は再び湯沢の部屋のベランダをサイドウィンドウ越しに眺めた。彩と湯沢の姿しか見えなかった。僕は運転手にスピードを上げるよう告げた。

タクシーはマンションから五キロほど離れたインターネットカフェに到着した。これで赤いコートの女とは距離が開いたはずだ。タクシーを降りて今来た道を眺めてみたが、女の姿は認められなかった。

僕はカスミを連れてネットカフェの入り口をくぐった。中は薄暗くて何となくジメリとした湿り気を感じる。壁一面に設置された本棚にはさまざまなコミックが詰め込まれている。店内は人間一人が座れるスペースが細かいブースに区切られて、そのひとつひとつにネットと接続したパソコンが設置されていた。外は三十度を超えているが、中はヒヤリと涼しい。まるで寝静まった旅館の大部屋のように大勢の気配は感じるも、雑音はわずかだった。ここならどこに誰がいるのか分からない。僕たちは受付を済ませると奥のブースに通された。そこは他より少しだけ広めになっていて、二人分のスペースにラブソファが置いてある。僕とカスミはソファに腰掛けた。

初めて入るネットカフェの薄暗い小部屋が気味悪いのか、娘は不安そうな面持ちで周囲を見回している。

「しばらくは大丈夫だ。あいつはパパたちがこの店に入ったことを知らない」

僕はパソコン画面に向かった。画面にはインターネットのブラウザが立ち上がっている。ネットカフェに来たのは狩猟者の撃退法を探るためだ。まずは「都市伝説」「狩猟者」と検索窓に打ち込む。狩猟者に関する記事を掲載したサイトがいくつかヒットした。それらを流し読みしてみたが、陣内の話していた内容以上のことは出てこない。共通しているのは①狩猟者にはさまざまなバージョンがある、②撃退法もそれぞれ違う、③撃退しない限りはあらゆる手段を駆使していつまでも追ってくる、④交渉や命乞いは一切通用しない、ということだ。しかしその中に赤いコートの狩猟者について触れた記述はなかった。

そもそもあの女のルーツは何なのだろう？　そういえば初めて見たときから気になっていたのだが、女の顔がまるでモザイクがかかったように曖昧ではっきりしない。あれは何を意味するのだろうか？

「ねえ、ママのお目々がパチクリしてたね」

オバケの存在を忘れたようにカスミが無邪気に話しかけてきた。子供でも女だけあってそういうことには目ざとい。

「二重まぶただよ。美容整形さ。でもママに美容整形なんて言っちゃダメだぞ」

「ビヨーセーケー？」

その言葉を口にしてパッとひらめくものがあった。あの女の顔の不明瞭さは美容整形を暗示しているのではないか。

そして包丁。女の武器は刃渡りの長い包丁である。どうやらそれは狩猟者本体と同じくターゲット以外の人間には視認できないものらしい。つまり狩猟者のアイコンのひとつでもある。ブラウザの検索窓に「赤いコート　美容整形　包丁」と打ち込んでみると百件ほどヒットした。ざっと眺めてみるとほとんど無関係の記事だが、掲示板などにいくつか気になる書き込みがあった。

〈美容整形で失敗した女がその医者を包丁で切りつけて、ビルから飛び降りて死んだんだって。真っ赤なコートを着た女らしいよ〉

同じような内容の書き込みがいくつかの掲示板に複数出てきた。それらを読んでみると、その美容整形外科の病院が渋谷にあるらしいことが分かる。なるほど。だから初登場が渋谷だったのだ。真っ赤なコート、美容整形、包丁と狩猟者の特徴に三つも一致する。特に女の視認できない顔。あれは整形手術失敗の暗示ではないだろうか。

それからざっと調べてみたが、病院名や患者名など肝心な情報は得られなかった。僕はポケットからケータイを取り出して短縮ダイヤルを押した。

「冬馬。まだ無事なんだな」

受話器の向こうから陣内の安堵したような吐息が聞こえた。僕はこれまでのいきさつとインターネットで得た情報を一通り陣内に伝えた。

「そうか。追われながらそこまで突き止められれば大したものだ。よし分かった。クリニックは僕の方で詳しく調べてみるよ。もしかしたら狩猟者の撃退法につながるかもしれない」

「よろしく頼む、陣内。今は君だけが頼りだ。僕はこれから渋谷へ向かうから……」

と言いかけて息を呑み込んだ。ブースは大人の身長より少し低めの板で仕切られているので、立ち上がると屋内を見渡すことができる。僕のブースからは天井に設置された防犯用ミラーが見えるのだが、そこに赤いコートが映っていた。手には包丁を握っている。明らかに狩猟者だ。

「ヤツだ……。ヤツが店に入ってきた！」

僕は受話器を耳に押し当てながら身をかがめた。

「落ち着け、冬馬。なんとかそこから脱出して渋谷に向かうんだ。それまでに僕の方も動いてみるから」

「やっぱりヤツはレーダーか何かを持っているのかな？　そうじゃなきゃ、なんでここにいることが分かるんだよ？」

「いや、ヤツにレーダーなんてないはずだ。そうじゃなきゃ、カスミちゃんを狙う必要なんてないだろ。何らかの方法を使って君たちの所在を割り出したんだよ。何か手がかりを残しているんじゃないのか？　もしそうなら、それを排除する必要があるぞ」

手がかりに心当たりはない。そうしている間にも女は僕たちに近づいてくる。僕は「なるべく早く調べてくれ」と告げて電話を切った。

「カスミ、ここから逃げるぞ」

「オバケなの？」

「ああ、そうだ。鏡に映ってる」

僕は身をかがめた状態でそっと天井の鏡を指さした。女は僕たちには気づいてないようで少し離れたブースを覗き込んでいる。もちろん他の客たちに女の姿は見えない。カスミも同様で、彼女は鏡を眺めながら首を傾げている。

僕は娘の手を引いてそっと小部屋を出た。身をかがめたまま、ブースの隔壁に身を隠した状態で出口に向かって移動する。カスミは背が低いのでそのまま歩いても問題ない。やがて出口付近までたどり着いた。その角を曲がって五メートルも進めば出口だ。しかし女も逃亡を警戒しているのか、出口付近から離れようとしない。僕は直角に曲がった隔壁に身を隠しながら、カスミの方に向き直った。

「ここを曲がったところにオバケがいる。捕まったら食べられちゃうんだ」

カスミの表情が強《こわ》ばった。僕は娘の両肩を摑んでじっと彼女の目を見つめた。

「カスミ、これはとっても大切なことだからよく聞くんだ。この前、プールの教室で息を止める練習をしただろ」

カスミが怯えた顔を向けて弱々しく頷いた。

「今から外に出るまで息を止めるんだ。息を止めればオバケもカスミのことが見えない。でも、少しでも吸ったり吐いたりしたら見つかっちゃう。分かった？」

僕の言うことを聞いてカスミが小刻みに頷いた。表情はますます怯えている。しかし今はこうするしか逃げ出す術《すべ》がない。カスミの肩を摑んだ手に力を込めた。

「たった五メートルだ。カスミならできる！」

僕はカスミの目の前に三本指を出した。

「いいかい。今から三つ数える。そうしたら息を止めるんだ。外まで抱っこしてやるから絶対に息をしちゃダメだぞ」

カスミは神妙な顔をして「分かった」と弱々しく答えた。僕は壁際から女の位置を確認しながらタイミングを計る。しかし女はなかなか出口から離れようとせず周囲をうろうろとしている。こうなったら相手の脇をすり抜けるしかないようだ。

「1、2、3！」

僕は息を止めてカスミに向いた。カスミは頬を大きく膨らませて目を見開きながら息を止めている。僕は娘を抱きかかえるとそっと立ち上がる。女は反応しない。息を止めているから僕たちのことは見えてないはずだ。僕は一歩踏み出した。

そのタイミングで女が急に顔を向ける。僕は思わず立ち止まった。僕もカスミも息を止めている。足音だ。女は足音に反応したのだ。女は近づいてきて周囲を探り出した。そして闇雲に包丁を一振りする。刃先が右腕をかすめた。どうやら僕たちが息を止めていることに気づいているようだ。やがて腕の中のカスミの体がガクガクと震え始めた。限界がきたのだろう。真っ青な顔をして両手で必死に口元を押さえ込んでいる。これ以上は持ちそうにない。

そのとき壁際に設置された消火器が目に入った。

こうなったらいちかばちかだ。僕は女を突き飛ばして消火器に飛びついた。カスミをおろして消火器を持ち上げる。そのまま体勢を立て直そうとする女の後頭部に思い切り叩きつけた。女は床に手をついて前のめりに倒れ込む。僕は立ち上がろうとする女の後頭部に再度打ちつけた。その勢いで女は床に額をぶつけると動かなくなった。ブースの中の客たちが一斉に立ち上がりこちらを覗き込む。

「カスミ、行くぞ！」

僕は、呼吸を求めて咳をまき散らしているカスミの手を引っぱると店を出た。通りを走ってタクシーを拾う。運転手に行き先を告げる。発進してリアウィンドウから後ろを覗き込むと、コートの女が店から飛び出てきた。僕たちを見定めると包丁を握ったまま走り出した。

「運転手さん、急いで！」

車がスピードを上げたので、女の姿はみるみるうちに遠く、小さくなってやがて見えなくなっていった。僕もカスミも車の中で咳《せ》き込みながら呼吸を貪《むさぼ》った。

それから約二十分。僕たちは渋谷駅のすぐ近くでタクシーを降りた。先日の通り魔殺人の悲劇などなかったことにされたかのように、多くの若者たちであふれていた。

車を降りたタイミングを見計らったようにケータイが鳴った。

「電話に出られたってことは生きてるってことだね」

声の主は陣内だった。

「なんとか生きてるよ。そっちはどう？　何か分かった？」

「ああ。道玄坂《どうげんざか》を上った先に渋谷ブリリアントビルという雑居ビルがある。六階に『ムラヤマ美容整形』というクリニックが入居してるんだが、去年の冬、例の患者の自殺騒動があったのがそこなんだ。手術で使った薬剤でアレルギー反応を起こして顔が醜くただれてしまったそうだ。患者は院長を包丁で滅多刺しにした直後にそのビルの屋上から飛び降りた。患者の名前は遠山《とおやま》留美《み》。その女が赤いコートを着ていたというわけさ」

「もうそこまで割り出したのか。さすがに早いな」

「知り合いのライターにこの事件を調べていたヤツがいたんだ。彼によると遠山留美は遺書を残していたらしい。そこには自分をこんな顔にしたドクターを殺して自分も死ぬようなことが書いてあったそうなんだ。院長は死線をさまよったが奇跡的に助かった。もっともこの記事はボツになったけどね。クリニックがその雑誌のスポンサーだったから」

ムラヤマ美容整形は都内に数店舗を展開する医療法人経営のクリニックらしい。患者にはアイドルやモデルといった芸能人も少なくないという。

ファッションビルの壁にムラヤマ美容整形の派手な宣伝ポスターが打たれている。テレビでも時々見かける女優がイメージキャラクターとして採用されているが、美容整形という先入観からか、その笑顔もどこか作り物めいて見える。そのポスターの片隅にはアクセスマップが記載されていた。ここから歩いて十分程度だろう。

僕はカスミの手を引いて道玄坂方面に歩いて行った。スクランブル交差点の脇に設置された、通り魔事件の被害者を供養する献花台には大量の花や供え物が積み上がっていた。多くの通行人が手を合わせている。あの日のことが脳裏によみがえってくる。赤いコートの女が僕を救ってくれた。しかしそれは僕が獲物だからだ。

「やっぱり撃退法ってそういうことかな？」

「多分……ね」

陣内が言いにくそうに答える。どうやら彼が出した結論も僕と同じようだ。

僕は礼を言うと、電話を切った。クリニックのポスターが目に入る。数十メートル歩いただけなのにあちらこちらでそのポスターは目につく。女優の隣で村山《むらやま》院長が自信に満ちた笑顔を向けている。一年前、女は自分を醜い顔にした院長の命を奪うつもりで切りつけた。そのことは遺書に書いてある。しかし彼はその後、一命を取り留めた。

その女の姿をした狩猟者の撃退法……。それは彼女の無念を晴らすことではないか。彼女は院長を殺すつもりで切りつけた。しかし彼は死ななかった。それを僕にしろということではないか。

「ねえ、パパ。今日はどうしてママが急に来たんだろ?」

カスミが僕の袖を引っぱりながら尋ねてきた。おそらく狩猟者が、マンションの鍵を開けさせるために嘘電話など何らかの方法で、彩をマンションに呼んだのだろう。

それにしてもベランダをよじ登るという異常な形で逃げ出したのに、あれから僕たちに連絡をしてこない。普段の彩ならまっさきに僕かカスミのケータイに連絡を入れてくるはずだ。カスミも何かあったときの用心のためケータイを持たせている。

用心のため? その言葉にピンとくるものがあった。

「カスミ。今、ケータイを持ってるよな？」

「ケータイはいつも持ってるよ。外に出かけるときは必ず持っていきなさいってママに言われたもん」

カスミは首からかけている丸く膨らんだポーチを開く。手を入れるとジャラジャラと音がした。娘はいつもビー玉をポーチに入れて持ち歩いている。カスミはポーチの中からケータイを取り出した。出て行った母親の言いつけを健気《けなげ》に守っていたようだ。

僕は自分のケータイから彩のケータイに電話をした。しかし呼び出しが鳴るだけで誰も出ない。

やっぱり、そうか……。

僕は天を仰いだ。狩猟者は彩からケータイを奪ったのだ。彩は女の姿が見えないから気づかなかったのだろう。問題はそのケータイだ。彩のケータイからカスミの所在が分かるようになっている。ケータイに組み込まれているGPS機能を使った「位置情報サービス」だ。子供や徘徊《はいかい》老人が迷子になったとき、その所在位置を割り出すサービスである。離婚する以前、彩が子供の安全のためにそのサービスを契約したと言っていた。おそらくまだ解約せずそのままになっている。

つまり彩のケータイは狩猟者が持っている。女は位置情報サービスを使って僕たちの所在を摑んでいた。カスミを狙ったのも僕をおびき寄せると同時に、逃げられたときに道案内をさせるためなのだ。だからどこへ逃げても追ってくることができたのだ。陣内の言う通り狩猟者はターゲットを追いつめるために知恵を絞って挑んでくる。彼らにとってこれもゲームの醍醐味《だいごみ》なのだ。

「カスミ、ごめん！　すぐに新しいのを買ってやるから！」

僕はカスミからケータイを取り上げるとアスファルトに投げつけた。プラスティックの本体が割れて基板がむき出しになる。液晶画面にはひびが入って表示が見えなくなった。僕はそれらを何度も踏みつけた。そんな僕の姿を見てカスミが泣き出す。周囲の通行人も何事かと眺めながら通り過ぎていく。

しかし遅かったようだ。大通りを隔てた地下鉄の入り口から女が現れた。左手には彩のケータイ、右手には包丁を握っている。やはり周囲の通行人は誰も気づいてない。女が手にするとケータイも見えない存在になってしまうようだ。狩猟者は地下鉄を使って追ってきたのだ。姿が見えないのをいいことに無賃乗車だろう。

女は僕たちの方へ顔を向けた。相変わらずモザイクがかかったように目鼻立ちが判然としない。

「カスミ、泣いてる場合じゃない。オバケが来たぞ！」

僕はカスミの手を強引に引っぱると走り出した。カスミは「痛い！」と泣きながらもついてくる。大通りを隔てた歩道では、僕たちに合わせて狩猟者も追跡を始めた。

どちらの歩道も膨大な通行人が行き交っており、思うように進めない。僕は人混みをかき分けながら前に進んだ。しかしクリニックの入っている渋谷ブリリアントビルは狩猟者のいる通り側にある。あそこにたどり着くには路地を迂回して女を撒《ま》かなければならない。

僕は櫛比《しっぴ》するファッションビルの角を曲がって路地に入った。大通りの歩道に比べて少しは人の流れがましになっている。僕は後ろを振り返った。行き交う車の合間を縫って女が大通りを渡ろうとしているところだった。カスミの速度に合わせていてはすぐに追いつかれてしまう。

僕は濡れた目を手の甲で拭《ぬぐ》っているカスミの前で腰を落とした。

「カスミ。おんぶだ。早くしろ」

「う、うん……」

娘は不安げに頷くと僕の背中に身を乗せてきた。カスミの体重と体温が背中に伝わってくる。こんなところで死ぬわけにはいかない。このゲームには必ず勝つ。この重みとぬくもりが僕の気持ちを奮い立たす。

「いいか。しっかり摑まってろよ」

「分かった」

僕は立ち上がりカスミを背負ったまま走り出した。渋谷はあまり訪れることがないので駅前周辺の地理しか分からない。だから闇雲に走っているうち自分の居場所が分からなくなっていた。渋谷の路地は思った以上に複雑だ。

「イタッ！」

突然、僕の右足首で激痛が弾けた。大きめの石を踏みつけてしまい、バランスを崩して足をくじいたようだ。ジンジンとした痛みが広がっていく。それでも僕は痛みをこらえながら足を止めなかった。しかし足を引きずりながらなので速度はかなり落ちている。後ろを振り返ると二ブロックほど離れて女の姿が見えた。

「パパ、大丈夫？」

カスミが心配そうに背後から顔を覗き込んできた。

「ああ、大丈夫だ」

と言ってみたものの、長時間となると自信がない。どこかに身を隠してやりすごした方がよさそうだ。このままでは追いつかれてしまう。僕はとりあえず次の十字路を右折した。しばらく両側をコンクリート塀に挟まれた細い道が続く。その先は狭い空き地になっており老朽化したアパート群に囲まれていた。

しかしその場で僕は歯ぎしりすることになった。ここから道が続かない。袋小路。行き止まりだ。

周囲を固めるアパートは昭和時代に建てられたであろう軽量鉄骨の二階建てで、階段や手すりには錆《さび》が浮き、壁や屋根は煤けている。とにかくここに留まっていては狩猟者に捕まってしまう。かといって引き返しても同じことだ。武器もないから応戦もできない。

僕はカスミを背負ったまま目の前のアパートの階段を上って二階の廊下に躍り出た。二階には部屋が三つ並んでいた。匿《かくま》ってもらえるだろうか。しかしそれぞれの部屋のドアを叩いたが反応がない。不在なのか居留守なのかも分からない。

突き当たりの手すりの外側に鉄製のはしごが溶接されている。僕ははしごを確認した。屋根に上るために設置されているのだろう。おそらくテレビアンテナの工事や屋根修繕の際に利用するものだと思われる。

手すりから階下を見下ろすと、僕たちが通ってきた小道から狩猟者が姿を見せた。

「カスミ、絶対に手を離すな！」

僕は手すりによじ登るとはしごに足をかけた。さびた鉄製のはしごがギシギシと心許《こころもと》ない音を立てる。くじいた右足首がズキリと疼《うず》く。しがみつくカスミの腕が僕の首を絞めあげる。苦しいと思ったがふりほどくわけにはいかない。僕は一歩一歩着実にはしごを踏みしめていった。登りきるころに視界の端を赤いコートの一部がよぎった。女が二階の廊下に上がってきたのだ。

僕は両腕に集中させた力を一気に解放して屋根の上に体を持ち上げた。カスミも必死になって僕の体にしがみついている。屋根は細い通路を真ん中にして両側に傾斜が広がっている。手すりの類がまったくないので足を滑らせて通路から外れようものなら、傾斜を転がって落下してしまうだろう。

僕はカスミを背負ったまま通路をゆっくりと進む。まるで平均台の上を歩いているようなものだ。その距離約二十メートル。なんとか突き当たりまで進んだ。そこにはテレビのアンテナが設置されているのでそれを手すり代わりにできる。通路はそこで途切れているが、隣のアパートの屋根まで一メートル半ほど距離がある。なんとか跳び移れそうだが、右足をくじいている。痛みは先ほどよりもひどくなってきた。娘を背負ったままでは無理かもしれない。

僕はカスミを背中から下ろすとアンテナを掴ませた。

「ここでパパのやることを見てなさい」

僕は助走をつけて隣のアパートに向かってジャンプした。着地したとき痛みでバランスを崩しそうになったがなんとか持ちこたえた。娘を下ろしたのは正解だったようだ。すぐに振り返ってカスミに向く。

「カスミ。今度はお前の番だ。パパがやったように跳んでごらん。パパがしっかりつかまえるから大丈夫だ」

僕は娘に向かって手を差し伸べる。カスミはアンテナにしがみついたまま凍りついている。

「大丈夫だ。カスミならできる！　パパを信じて」

やがて反対側の突き当たりに狩猟者が頭を覗かせた。女ははしごをよじ登ってゆっくりと体を屋根に持ち上げてきた。カスミはアンテナにしがみついたままだ。僕の呼びかけにイヤイヤをくり返している。

「カスミ！　跳びなさい！　もう時間がないんだ。すぐ後ろにオバケがいるんだよ！」

「オバケなんて見えないもん。パパの嘘つき！」

カスミが女の方に顔を向けながら言った。カスミは相変わらず狩猟者の姿が見えない。しかし女は長い髪を振り乱しながら、上半身をねじるようにして屋根の上に乗ってきている。

「カスミ！　パパを信じてくれ。お前がオバケになんか食べられちゃったらパパは生きていけないよ。それならここから飛び降りて死んだ方がましだ」

僕は屋根べりに立って体を不安定に揺らした。卑屈な手段だが娘のヒューマニズムに訴えるしかない。

「パパ、やめてっ！」

カスミがテレビアンテナから手を離した。

「跳ぶから死ぬなんて言わないでっ！」

彼女の少し離れた背後では狩猟者が立ち上がっている。屋根に伸びた女の影が禍々《まがまが》しく揺らいでいる。ぼやけた表情の中で大きな口が笑っているように見えた。右手には包丁の刃がぎらついている。

「さあ、跳ぶんだ！」

僕は娘に向かって両手を差し伸べる。カスミは少し後退して助走距離を確保した。しかしすぐ背後には狩猟者が迫っている。女もバランスを取りながら細い通路をゆっくりと前進している。娘との距離は十メートルほどしかない。

「カスミ、急ぎなさい！」

「うわああああああー！」

カスミはかけ声を上げながら走り出した。

そして屋根の切れ目のタイミングでジャンプした。ふわっとカスミが宙に舞う。娘の動きに全神経を集中する。すべての動きがスローモーションに見えた。カスミの体をキャッチするとそのまま抱き留めた。しかし安堵している余裕はない。狩猟者が狭い通路をこちらに向かって突進してきた。隙間を跳び越えるつもりだ。

「パパ、これ」

カスミが首から下げているポーチを差し出して言った。彼女も見えないオバケを感じ取っているのかもしれない。

「ありがとう、カスミ」

僕はポーチを受け取るとファスナーを開けて中に手を突っ込む。

気がつけば狩猟者はジャンプをしていた。

僕はポーチの中のビー玉を鷲《わし》掴みにする。タイミングを計って着地点にビー玉をばらまいた。勢いよく着地した女の体はビー玉に足を滑らせて、思った以上に大げさに転倒した。そのまま傾斜している屋根面に投げ出されて、派手な勢いで転がっていく。あっという間に狩猟者は僕の視界から消えた。ビー玉はゴロゴロと音を立てながら女を追いかけるようにして転がり落ちていった。

僕は先ほどと同じようにカスミをおんぶすると、右足首をかばいながら、はしごを使って二階の廊下に降りた。二階の手すりから身を乗り出して、階下を眺めると女がアスファルトの地面に横たわっていた。頭から同心円状に長い髪が広がっている。両手を左右に広げて、右足をくの字に曲げたまま動かなかった。

「ねえ。オバケをやっつけたの？」

カスミが僕の視線の先を指でさしながら尋ねてきた。

「いや。死なないからオバケなんだよ」

「そっかあ」

カスミが妙なところに納得する。僕は彼女の頭を撫でながら安堵の息を漏らした。

娘のとっさの機転が僕たちを救った。帰ったら新しいビー玉を買ってやらなくては。

僕はカスミを連れてアパートの階段を下りる。しかし女には近づかなかった。狩猟者は不死身だ。いつ起き上がってくるか分からない。僕は娘の手を引いてその場を離れた。ケータイのGPSとマップ機能を使って現在位置を確認した。狩猟者に追われて闇雲に走り回っているうちに道玄坂から随分と離れてしまったようだ。僕はマップを見ながら道玄坂の渋谷ブリリアントビルを目指した。やがてたどり着いたビルの入り口を確認すると、テナントを示すプレートに「ムラヤマ美容整形」とカラフルなロゴが掲げられ、大きなポスターが壁一面に貼られている。そこには院長の村山邦弘《くにひろ》が白衣姿で立っていた。五十代前半といったところか。恰幅がよく、精力が漲《みなぎ》ったような顔立ちをしている。

僕はビルのすぐ近くにあるバーガーショップに入って、カスミのためにハンバーガーとジュースを注文した。そして二階の客席に娘を連れて行く。中は若者たちで賑わっていた。僕は窓際の席にカスミを腰掛けさせる。ここなら外の景色が見えるから退屈しないだろう。

「パパはちょっと用事があるからここで待っていてくれるかな」

「用事ってなに？」

カスミは不安を滲ませた瞳で僕を見つめる。

「二度とパパやカスミの前に現れないようにオバケを退治してくるのさ」

僕は娘の頬にそっと手を当てた。愛おしいぬくもりと柔らかみが伝わってくる。カスミは嬉しそうに僕の手の甲に頬ずりをした。

死ねない。娘には僕が必要だ。こんなところで死ぬわけにはいかない。

突然、カスミがポーチのファスナーを開けて指を突っ込んだ。

「パパ。これあげる。わたしが一番大切にしてるビー玉だよ」

カスミは虹色の模様が埋め込まれた美しい玉を僕に差し出した。僕はそれを受け取るとぎゅっと握りしめる。

「ありがとう。大事にするからな」

「ここで待ってるから。絶対に戻ってきてよ」

僕は頷いた。カスミは僕の覚悟を感じ取っているのかもしれない。まるで僕を戦地に送り出すように神妙な顔を向ける。

「すぐに戻ってくるよ」

僕はバーガーショップを出ると近くのコンビニで果物ナイフを購入した。封を開けて柄を逆手で握って刃先を手首に隠した。そろそろ狩猟者も追ってくるころだろう。

僕は渋谷ブリリアントビルの玄関を抜けると、そのままエレベーターに乗り込んで六階のボタンを押した。エレベーターの扉が閉まる瞬間、向かいの大通りを隔てたところに赤いコートが一瞬だけよぎった。

もう追いついてきたのだ。

僕は何度も六階のボタンを連打する。そんなことをしても速くならないことは分かっているが、そうせずにはいられなかった。エレベーターは一度も他の階に停止せずに六階で扉が開いた。

足首は痛みを通り越して痺《しび》れに変わっている。力が入らないので右足を地面につけず、壁に手をつきながら片足跳びで廊下を進む。

クリニックの待合室は壁も椅子もカウンターも白に統一されていて、病院というより美容院を思わせる。幸い他に患者はいない。受付カウンターには白衣姿の若い女性が座っている。彼女は僕に向かってにこやかに微笑んだ。

「アポイントは取られておいでですか？」

「い、いや。実は院長先生に話があるんです」

「どういったご用件でしょうか？」

受付嬢の表情がわずかに曇る。僕は咳払いをしてナイフを握った右手を腰の後ろに回した。

「実はここでオペを受けた患者についてなんですが……赤いコートの女といえば院長先生も分かると思います」

赤いコートと聞いて受付嬢が顔を強ばらせた。彼女も事件のことは知っているようだ。一年前の出来事だからその前から勤務しているのだろう。

「しょ、少々お待ちください」

彼女は席を離れるとそのまま奥の方へ姿を消した。

やがて治療室に入るドアが開いて、ポスターに出ていた白衣姿の中年男性が姿を見せた。院長の村山邦弘だ。村山は警戒を全面に貼り付けたような表情で僕と向き合った。

「遠山留美さんのご家族の方ですか？」

「え、ええ。そうです。遠山トオルと申します」

僕は咄嗟《とっさ》に陣内トオルの名前を拝借して偽名を名乗った。

「ご兄弟の方ですね」

「はい……」

村山は勝手に思い込んでくれたようだ。院長が僕の素性を疑っている様子は窺えない。

「まだ何か？　遠山さんのことはご両親にも何度も説明したはずです。彼女は特定薬剤に対してアレルギー体質だったんです。一応チェックはしましたが、そのときは反応が出なかった。だからこちらとしても防ぎようがなかったんです。遠山さんには申し訳ないと思ってますが医療ミスではありません」

つまりメスを入れた切り口がアレルギーを起こして瘢痕《はんこん》が残ってしまったということか。村山は僕に向かって警戒を露《あら》わにしているが、毅然《きぜん》とした口調だった。

そのとき、治療室の奥の方でガタンと金属製の扉が開くような音がした。その直後に吹き抜けた仄かな風が僕の頬を撫でた。

「どうした？」

村山が、音に反応して部屋の奥を覗き込んでいる受付嬢に声をかけた。

「はあ……。なんだか奥の非常扉が開いたみたいですね。ちょっと見てきます」

受付嬢は椅子から立ち上がるとそちらに向かって行った。

狩猟者だ。女は非常階段を上がってきたのだ。受付嬢にはその姿が見えないから、風かなにかのはずみで非常扉が開いたとしか思わないだろう。

もう時間がない……。僕は腰の後ろに回したナイフを村山に向かって突き出した。

「な、何なんだ！」

村山は目を剝《む》いて一歩後ずさった。

「先生に恨みはありません。これは赤いコートの女、遠山の思いなんです」

「あんた……。遠山さんの兄弟じゃないのか？」

僕はゆっくりと頷いた。そして僕はこれまでのいきさつを簡単に説明した。荒唐無稽な話にも拘わらず、彼は神妙な顔つきで聞いていた。

「つまり……あんたは遠山留美さんが見えるのか？」

僕は首肯して女の特徴を伝えた。顔ははっきりしないが黒目がちだったことに触れると表情が険しくなった。

そのとき、治療室の扉が開いた。中から狩猟者が姿を見せる。女は包丁を片手にゆっくりと待合室に入ってくると院長の背後に立った。その状態でじっと僕の方を向いている。しかし彼女の姿が見えない村山は、自然と開いた扉を気味悪そうに眺めていた。

僕にも逃げ場がなかった。待合室から出るには女の傍らを素通りするしかない。息を止めたとしてもこの右足では逃げることもままならない。ここで決着をつけなければ僕の命はない。狩猟者の撃退法。それは遠山の無念を晴らすこと。つまり村山院長を殺すことだ。

「先生の背後に遠山留美が立ってます」

僕はナイフを握る手にさらに力を込めた。村山の顔が強ばった。しかし彼は両手を前に出して「ちょっと待て」と僕を制した。

「遠山さん……」

突然、村山はそのままの状態で背後の狩猟者に向かって声をかけた。彼の額には脂汗が滲んでいる。女は背後に立ったまま動かない。

「あなた、川越雅代《かわごえまさよ》という女性を覚えているね。忘れられないはずだ。十五年前、あなたの乗った自転車が川越に衝突した。あなたはまだ小学生だったな。打ち所が悪く、彼女は顔に大きな傷を負った。川越雅代は婚約中だった。しかしその傷が原因で解消された。鬱病《うつびょう》を患い、それからずっと病院通いだ。そして十年後、川越は自ら命を絶った。その事故さえなければ彼女は幸せな人生を歩んでいたはずだ」

彼が何を言いたいのか、この時点では分からなかった。女は村山の背後から動かない。相変わらず目鼻立ちは曖昧模糊《もこ》としているが、心なしかその姿は揺らいで見える。

村山はナイフを構えている僕に向いたまま話を続けた。

「そして僕のもとをあなたは患者として訪ねてきた。アレルギーのチェックをしたとき、あなたはある薬剤に対して反応が出ていた。しかし僕は陰性だとカルテに記載した」

つまり、村山院長は故意に遠山の顔を傷つけたということになる。しかし狩猟者の姿はまるでノイズが入ったようにブレ始めてきた。体の輪郭が不安定だ。明らかに女の身に何らかの変化が起きている。

「遠山さん。僕の名前は村山邦弘だが、結婚して婿養子に入ったから姓が変わったんだ。結婚前は川越邦弘。そう、川越雅代は僕の妹だ」

僕は手に持ったナイフを落としそうになった。それに伴って狩猟者の体が大きくぶれた。まるで映りの悪いテレビ映像を思わせる。

「あなたが僕の病院を訪ねてきたのは単なる偶然だろう。顔を合わせるのも事故以来だし、姓も変わっていたからまさか院長が僕だとは思わなかったでしょう。僕も妹が自殺してしまったとき、あなたのことを思い出した。しかし事故当時のあなたは子供だったし、不注意によるものだったから仕方のないことだと諦めていた。でも、妹の顔を傷つけたあなたが美貌を求めて僕の前に現れたとき、僕の中で何かが壊れたんだ。今まで燻《くすぶ》ってもいなかった復讐《ふくしゅう》の炎がいきなり噴き上がった。あなたに妹と同じ苦しみを味わわせてやる。僕はあなたにアレルギーの出る薬剤を使った」

　次の瞬間、女はまるで体の真ん中の小さな一点に吸い込まれるようにして消えた。あとには何も残らなかった。

「もう思い残すことはないよ。刺すんならさっさと刺してくれ」

　村山は覚悟を決めたように表情を引き締めると僕に言った。

「大丈夫です。女は消えました。そうか、狩猟者の撃退法ってそういうことだったんだ……」

「狩猟者？」

「いや、こちらの話です」

僕は握っていた果物ナイフをカウンターの上に置きながら言った。奥から戻ってきた受付嬢がナイフを見て目を丸くしている。僕と村山は同時に床にへたり込んだ。二人して声を上げて笑った。

＊＊＊＊＊＊＊

「女の無念を晴らすことが撃退法だと思っていたけど、そうではなかったんだ。何も知らずに死んでいった遠山留美に、院長の口から真相を語らせることが正解だったというわけか」

僕はカスミの手を引きながら、渋谷駅前の交差点で信号待ちをしていた。クリニックを出てハンバーガーショップに戻ると、カスミはカウンターに頬杖《ほおづえ》をつきながら健気に僕を待っていた。僕の姿を見かけると椅子を飛び降りて、勢いよく胸に飛び込んできた。僕は娘を抱きしめると彼女のぬくもりと手触りを噛《か》みしめた。僕は一生かけて娘を守っていく。しかしいずれカスミを命がけで守る別の男性が僕の前に現れるだろう。それを思うと早くも切なくなる。

「とにかく礼を言うよ。君に相談してなかったら今ごろどうなっていたことか」

電話の相手は陣内だ。僕はクリニックでの出来事を詳しく報告した。呼吸止めやクリニックの所在など、彼から得られた情報で僕は助かったのだ。

「君の方は来週にでもインタビューさせてくれ。顔出ししてくれると助かるんだが。記事の信憑性《しんぴょう》が高まるからね」

僕は快諾した。写真掲載は抵抗があったが、せめてもの恩返しだ。

「ありがとう。今月はなんとか狩猟者ネタで乗り切れそうだ」

「来月からは大丈夫なのか？」

「ああ。先日、新しいネタが入ってきたんで、そちらの取材も始めたんだ」

「また読者投稿からの情報かい？」

「うん。なんでもすごい殺し屋がいるんだって。ターゲットは二十四時間以内に不幸な事故に遭って死ぬんだとさ」

「なんだそりゃ。投稿者もいろいろ考えるんだな」

「デマだと分かり切っているけど、敢えてそれを追求する。万に一つくらい本物かもしれないだろ。それが僕の仕事だし、都市伝説の醍醐味さ。じゃあ、また連絡するよ」

僕はケータイをポケットにしまって前方を眺めた。通り魔事件当日、その位置に赤いコートの女が立っていた。しかし今は、うだるような暑さにうんざりした若者が何かのパンフレットを団扇《うちわ》代わりにして扇《あお》いでいる。

「パパ」

隣で信号待ちをしているカスミが僕の袖を引っぱった。

「なんだい？」

「横断歩道の向こうに『うさうさぴょん』がいるよ。誰かがぬいぐるみをかぶっているんだよね」

カスミが嬉しそうに指をさす。うさうさぴょんは子供たちに大人気のアニメキャラクターである。先日、トイザらスでキャラクターグッズを買ってやったばかりだ。

僕は娘の指先の延長線上に視線を向けた。しかしそんな着ぐるみは見あたらない。信号待ちをしている通行人の塊が壁となっている。

「どこにいるんだよ？」

「あそこだよ。あんなに目立つのに」

カスミは指先を前方に突き立てて方向を強調する。僕は目を細めてその先に焦点を合わせる。しかし、その先に着ぐるみの姿はない。そんな僕を見てカスミが怪訝《けげん》な顔をする。

まさか……。

僕は祈るような気持ちで今一度うさうさぴょんの姿を求めた。

キルキルカンパニー

僕が殺し屋になったのは会社を辞めたのがきっかけだった。

そのころの僕はホームページを制作するある小さな会社に勤めていた。三流大学卒の免許も資格もなく取り立てて特技のない僕を、今のご時世雇ってくれる企業などあるはずもない。さまざまな職を転々としながら何とか糊口《ここう》をしのいできた。やがて一つだけ僕を採用してくれた会社がそこだったのだ。

「メシウマ産業」というさえない名前にふさわしい、建っているのが不思議に思えるくらい廃墟同然の雑居ビルの二階に入っていた。同じビルには「ワクテカローン」とか「場末歯科」とか「四次元出版」とか勤務先を恥ずかしくて家族に言えないような屋号が刻まれた看板が入り口に掲げられていた。

陰が染みついたように薄暗く埃にまみれた職場はそこにいるだけで気が滅入《めい》るような所だった。そこで働く社員は数人しかいなかったがいずれも希望や夢がはげ落ちたような、覇気《はき》のない表情を顔に貼り付けていた。いや、それは覇気がないというレベルではなく、どちらかといえば生気を抜かれたといった方がいいかもしれない。顔に血の気はなく、死んだ魚のような目を液晶モニタに向けてブツブツとつぶやきながらキーボードを叩いている。

そのうち何人かは姿を見せなくなり、代わりの人間が次々と補充されていった。しかし彼らも同じようにある日突然、消えていなくなりまた新しい人間が入ってくることのくり返しだった。僕も入社してから三ヶ月で表情から喜怒哀楽が消えた。今でもあのころの記憶が曖昧《あいまい》である。一心不乱にパソコンのキーボードを叩いていたのは覚えているが、何を開発していたかまでは思い出せない。

メシウマ産業は典型的なブラック会社だったのだ。

今思えば、あんな労働環境と待遇は理不尽以外のなにものでもないのだが、やっとありつけた就職先だったし、そこを辞めたところで他の職場も収入の確保も当てがなかったので最初のうちはなんとか我慢した。しかしスタッフは次々に辞めていくしその補充人員もその日から即戦力になるわけでもないので、業務は日に日に過酷さを増していった。休日どころか食事や睡眠時間を返上しても追いつかず、家に帰ることすらできなかった。

飯馬《めしうま》社長は人心掌握に長《た》けた人で、彼の巧みなマインドコントロールによって僕は来る日も来る日もパソコンの前にへばりついてプログラムを打ち込んでいた。そのころには寝不足と栄養不足で、開発以外の思考が保てなくなっていた。尋常じゃない日常に疑問さえ感じていなかった。それ故に賃金が未払いだったのも気がついたのは少しあとのことだった。

結局僕は血を吐いて病院に運ばれるまでキーボードを叩き続けていた。あと少し遅れていれば再起不能の廃人になっていたかもしれない。

退院して僕はメシウマ産業に向かった。職場にはいくつかの私物を残しているから取りに戻ったのだ。職場復帰をするつもりはなかった。何よりまずドクターストップがかかっていたからだ。ドクターは僕の業務内容を聞いて「人間の職場じゃない」と目を丸くしていた。

社長室に入ると飯馬社長がにこやかに迎えてくれた。彼にとって僕は従順で扱いやすい貴重な貴重なソルジャーだ。本当の廃人になるまで消費するつもりだったのだろう。僕は引き留めようとする社長のデスクの上に辞表を置いた。

「ここを辞めてどうするんだ？」

飯馬社長は四十代前半といったところか。メタボ体型で頭ははげ上がり、いつも酔っ払ったように真っ赤な顔をしていたが、瞳は気味が悪いほどにつぶらだった。そんな彼が辞表を前に残念そうに尋ねた。

「まだ、考えていません」

「それでは困るだろう。お前だって今後の生活があるだろうに」

社長は僕の瞳の色の変化を窺うような視線を向けながら言った。僕はこの会社を辞める気持ちを変えるつもりがなかった。一週間ほどの入院生活で人並みの思考能力を取り戻したのだ。マインドコントロールの解けたカルト教団の信者のようなものである。

「ぼちぼち探しますよ」

「そんな簡単に見つかるものか。社会はそんなに甘かねえぞ」

それはアンタの会社で嫌と言うほど思い知らされた。

「でも……なるようにしかならないですよ」

「お前、いくつだよ？」

「二十七ですけど」

大学を卒業してからこの年齢になるまでまるで成長していないなあと思う。あのときから僕は多くのことを諦めた。車を買うとか結婚して家族を作るとか家を買うとか……などなど。叶う当てのない夢や希望を持つのはしんどい。何とか生きていければラッキーと思って日々の生活を送る方がずっと楽だ。友人たちの多くも僕と同じスタンスである。たまに大学時代の友人たちと飲みに行っても明るい話は出てこない。

「大きなお世話かもしれんけどさ。何か手に職を付けた方がいいんじゃねえの」

社長はつぶらな瞳をそのままに目尻を下げて黄ばんだ前歯をチラリと見せた。

「何の取り柄もないこの僕に今さら何ができるって言うんです」

僕は投げやりな口調で尋ねた。

「何ができるって……こういうのはやってみないと分かんねえだろうが」

そう言いながら社長はデスクの引き出しから一枚の書類を出した。初めてワープロソフトを使った人が作成しそうな、文字の位置や大きさのバランスが取れてない、必要以上に派手なロゴデザインで紙面が彩られている。

「キルキルカンパニー？」

トップに大きくデザインされているロゴでそう書かれている。冗談みたいな会社名だ。

「ここだけの話、うちの子会社だよ」

「こ、子会社⁉」

僕はマヌケな声を上げてしまった。こんな零細を絵に描いたようなメシウマ産業に子会社があったとは。

「しぃー！　声がでけえよ」

社長は唇に人差し指を当てて声を潜めるよう僕に促した。僕は小さく頷いて了解を示した。

「何をやっている会社なんですか？」

「人材派遣会社だ。ここに登録した会員に仕事を紹介する」

「ああ、そうですか」

僕は生返事をした。つまり僕に登録しろってことらしい。こんなブラックな会社の社長だから紹介する勤務先も負けず劣らずブラックに違いない。

「あんまり興味なさそうだな。だけどキルキルカンパニーはそこらへんの人材派遣業者とはわけが違うぞ」

社長のつぶらな瞳がキラリと光る。ただでさえ胡散《うさん》臭い顔立ちなのにさらに怪しさを増している。しかし僕はこの社長に洗脳支配されてきたのだ。あまりの過剰労働に正常な判断力を奪われた。末期の僕は社長の言いなりだった。まるでロボットのように反抗心も不信感も芽生えることがなかった。そんな自分が今では信じられない。

「社長のソルジャーを送り込む会社ですか」

僕は目一杯の皮肉を込めた。しかし彼は不敵に微笑むだけだ。

「殺し屋だよ」

「はぁ?」

僕はまたもマヌケな声を上げてしまった。

「どうだ? やってみる気になったか?」

「やるって何をですか」

「何をって殺し屋に決まってんだろう。今なら登録手数料は無料だぜ」

「殺し屋ですよね?」

僕は今日の天気を聞くような口調で尋ねた。

「殺し屋だよ」

社長は「曇りだよ」とでも答えるような口調だった。

僕は彼の顔をじっと観察した。無駄につぶらな瞳と胡散臭さはともかく、彼なりの真顔を向けている。ジョークを飛ばしているようには見えない。そして卓上のカレンダーを確認する。今は七月だ。エイプリルフールは三ヶ月も前だ。そんな僕に彼は、

「お前、人を殺したことはあるか？」

と聞いてきた。

「あるわけないでしょう」

「だよな。でも人を殺したいと思ったことはあるだろう？」

思わず「お前だよ」という言葉が喉まで出かかった。

「そりゃ、まあ……」

「だったら登録しちゃいなよ」

社長は派手なデザインの書類を差し出す。そこには氏名と住所を書き込む欄があった。

「でも僕、殺し屋なんてやったことないですよ」

「誰でも最初は初心者さ。あのゴルゴ13だって初仕事があったのは間違いないんだ」

彼はもっともらしく頷きながら言った。

「だけどそんな簡単にできるもんなんですか？」

「その点は大丈夫だ。研修でノウハウを教えてくれるから」

そう言いながら僕に向かってペンを突き出してきた。すぐさまサインしろということらしい。

「報酬もすごいぞ。日給百万円なんて珍しくないからな」

「ひゃ、百万っすか！」

そこら辺の正社員のボーナスよりも多い。それも日給だ。さらにいえば僕の預金通帳に入っているお金の二十倍にものぼる。

「だ、だけど殺し屋なんてホントに本当なんですかぁ？」

無駄に瞳のつぶらな社長が胡散臭さを全開にして言うと、却《かえ》って本当っぽく聞こえてしまう。彼がごくごくふつうのまともな人間だったら僕は最初から冗談と決めつけて相手にしなかっただろう。

「おうよ。一般人にとっちゃ荒唐無稽な話だ。信じられないのは無理もないだろうな」

飯馬社長は僕に人差し指を向けながら顔を近づけてきた。ニンニクの臭《にお》いが漂う。

「キルキルカンパニーは表向きには普通の人材派遣会社だ。もちろん行政からの認可も下りてる」

普通が表向きなら殺し屋紹介は裏ということだろう。そのことを話すと社長は、

「その点も国のお墨付きだ」

と涼しい顔をして言った。

「はい？」

僕は首を傾げながら聞き返す。殺し屋がお墨付きなんて意味が分からない。

「もちろんお墨付きといってもこちらも裏だけどな。政治家や役人の連中も殺し屋が必要なんだよ。ざっくり話せば彼らのニーズがこういう形で実現したということだ」

「つまりキルキルカンパニーのバックには日の丸親方がついているってことですか？」

「まあな。キルキルは中央省庁の役人どもの天下り先でもあるんだぞ。そういうところはちゃっかりしてるよな」

社長がカラカラと陽気に笑った。

「ところでお前、死神って殺し屋知ってるか？」

「ええ、聞いたことがあります」

僕は先日読んだ雑誌記事を思い出した。タイトルは忘れてしまったが都市伝説をテーマとしたオカルト雑誌だった。その記事にはある殺し屋にまつわる都市伝説が特集されていた。殺し屋は「死神」と呼ばれていて、何でも彼に狙われたら最後、絶対に逃げられないという。都市伝説になっているだけあって平凡な殺し屋ではない。特徴はその殺し方にある。死神からの殺害予告を受け取ると、ターゲットは二十四時間以内に偶発的なアクシデントに見舞われて命を落とすという。そう、死神はナイフも拳銃も使わない。あくまでも事故に見せかけて殺す。「あいつも元々はキルキルからデビューしたんだぞ」

「そうなんですか」

「何だ？　案外冷静なんだな。他の連中はもうちょっとビックリしたぞ」

社長は僕の顔を見て鼻を鳴らしながら言った。冷静というより社長の理不尽に精神が慣れてしまったのだ。

それにしても政府が絡んでいるなんて……。

いや、でもあり得ない話でもないか。世の中には陰謀としか思えないような不可解な出来事が多すぎる。この前もある汚職の鍵を握っていると言われた大物政治家秘書が交通事故で死んだばかりだ。警察や新聞はただの交通事故だと言うけれどあまりにタイミングが良すぎる。あれだって死神の仕業に違いない。そう考えるとキルキルカンパニーの存在も驚くようなことではないかもしれない。

「僕なんかに殺し屋なんて務まりますかね？」

「俺はこう見えても人を見る目があるんだ。お前がうちに入ってきて以来、その仕事ぶりをずっと見てきた。ズバリ言ってお前は殺し屋向きだ。場数を踏んでいけばエース級の殺し屋になれる才能を秘めている」

「そんなこと言ったって、僕はケンカもメンタルもそんなに強くないですよ。どちらかと言えば平和主義だし……」

　少なくともこれまで暴力とは無縁の人生を送ってきた。多感だった中学生時代だって人を傷つけるようなケンカをしたことがない。不良や先輩に殴られたことはあるが、他人を殴った記憶がない。

「いいか。殺し屋に必要なのは腕力や荒くれた人格じゃない。そんなのは小者のチンピラに過ぎん。プロの殺し屋に必要なのは異常なまでの臆病さと、理不尽な作業を疑問を挟まず黙々とやり遂げる精神力だ。お前はその二つを兼ね備えている」

「それって全然褒められている気がしないんですけど」

　たしかに社長の従順なソルジャーとして理不尽な待遇に文句一つ言わずに食いものにされてきた。人一倍臆病なのも自覚している。

「そりゃそうさ。殺し屋なんてのは褒められた人間がする仕事じゃないからな。だけどこれほど男のロマンを感じさせる仕事もないぞ。殺し屋なんて男だったら一度は誰もが憧れる仕事だ。お前だってそうだろ？」

「いやいやいやいや」

　僕は首と両手を同時にブンブンと横に振った。殺し屋なんて映画や漫画の中でしか見たことがない。プロ野球選手や宇宙飛行士以上にあり得ない職業だ。しかし何かしら惹かれるものがあるのも確かだ。それが男のロマンというやつだろうか。

「女にもモテるぞ」

「あり得ないでしょ」

「そんなこたぁない。女は危険な香りのする男に惹かれるものさ。ゴルゴ13だってモテモテじゃないか」

「は、はあ……」

たしかにゴルゴ13ことデューク東郷《とうごう》氏はクソ真面目な顔をして世界各国の女たちとエッチしまくっているが。

「どうだ。もちろん引き受けるよな?」

社長は僕の胸にボールペンを突きつけた。

「それってマジで言ってるんですか。僕は虫一匹だって殺せない人なんですよ」

「『虫一匹殺せない子』なんてのは、殺人犯の母親が涙ながらに訴えるお約束の台詞だ」

「とにかく殺し屋なんて無理ですって。僕は常識の世界で生きてる人間なんですよ。社長さんのように理不尽や不条理の世界の住人じゃないんです」

僕は捨て台詞のつもりで嫌味と皮肉をたっぷりと盛り込んだ。今までさんざんソルジャー扱いで食いものにされてきたのだ。このくらい口走ったって罰は当たらないだろう。

「お前、何を言ってるんだ。まさかキルキルの裏の顔を知ったまま生きて帰れるなんて思ってないだろうな」

社長のつぶらな瞳がギラリと鋭く光った。僕はそんな彼に気圧《けお》されて半歩後ずさった。

「な、何なんですか……」

「このまま帰ってくれていいよ。だけど命の保証まではできないぜ」

「それって脅しですか？」

「そだよ」

飯馬社長はあっけらかんと答えた。そしてそれはただの脅しではない。サインをせずにこの部屋を出れば僕はキルキルカンパニーお抱えの殺し屋に本当に殺されるだろう。この社長、言うことはムチャクチャで誇大妄想じみているが、決して冗談ではないのだ。それはこれまでのつき合いで分かる。

「いいよ、帰って。引き留めて悪かったな。担当には苦しまないようにやってくれと言っておいてやるから」

「分かりましたよっ！」

僕は彼の手からペンをひったくると半ばヤケクソで書類に「山道尚義《やまみちなおよし》」と自分の名前をサインした。社長が朱肉を差し出したので印鑑代わりに拇印《ぼいん》を押す。

「俺は断言するぞ。お前は絶対にスゴ腕の殺し屋になれる。この世界でナンバーワンになるのは間違いない」

僕は「はあ」と生返事をした。

そんなわけで僕はとりあえず殺し屋見習いとなった。

＊＊＊＊＊＊＊＊

次の日。

僕は玄関のチャイムで起こされた。部屋は昭和時代に建てられたおんぼろアパートだ。六畳一間にかろうじて狭いトイレと風呂がついている。家賃は安いが、今の僕の収入ではこの家賃でないとやっていけないという現実もある。特に無職となってしまった今では尚さらだ。

眠い目をこすって玄関扉を開けると黒いスーツ姿の男性が立っていた。年齢は三十代半ばといったところか。きっちりと七三に分けた髪型が黒のセルロイド眼鏡をかけた細面の顔立ちになじんでいる。色白でよく見ると目鼻立ちは整っている方だ。眼鏡のレンズから涼しげな瞳を覗かせ僕にほんのりと微笑みを向けている。片手にはアルミのアタッシェケースを提げている。銀行か保険会社の営業マンかと思った。

僕は男の差し出した名刺を見て眉をひそめた。そこには〈キルキルカンパニー〉のロゴデザインが印字されている。

「私、キルキルカンパニーの高林《たかばやし》と申します」

彼はさっと頭を下げた。黒々とした髪の毛は整髪剤でがっちりと固められている。

「キルキルって飯馬社長の？」

「ええ。この度は会員登録ありがとうございました。私、山道様のコーディネーターを担当させていただくことになりました」

登録？　昨日の飯馬社長とのやりとりを思い出した。書類に拇印を押してサインをした。あれのことだ。

「コーディネーター？」

「さようでございます。資料によりますと山道様はコロシに関しては未経験だと」

「当たり前でしょ」

僕は寝癖のついた頭を掻きながら苦笑した。

「ご安心ください。私たちは山道様が一人前の殺し屋になれるようしっかりとコーディネートさせていただきます」

高林は胸に掌《てのひら》を当てながら頼もしそうに言った。

「あのさぁ、それって本気で言ってるの？」

「本気と申しますと？」

高林はきょとんとした顔を僕に向ける。

「だって殺し屋だよ。映画とかドラマとか漫画の話でしょう」

「皆さん、最初はそうおっしゃいますねぇ。やっぱり殺し屋ってそうそう出会えるものではありませんから」

高林はまるで顧客に新プランの保険を勧めるセールスマンのようににこやかに言った。

「そういう高林さんはコロシをしたことがあるの？」

「いえいえ、私なんか」

僕が尋ねると彼は手を横に振りながら否定した。

「未経験の人がコーディネーターなんてできるもんなの？」

「私は作家に対する編集者みたいなものです。編集者は作品を書いたりしませんでしょ。こういうのはむしろ経験者の方がバイアスがかかってやりにくいと思うんです。未経験者の方が冷静な視点で進めることができたりするものです」

「そんなもんかねぇ……」

話の内容はとんでもないことなのに、どうも高林の緊張感の乏しい口調と営業マンのような風貌が現実感を損なわせている。まるで三文芝居やコントを演じているような気分になる。

「というわけでさっそくですが、今からトレーニングを始めてもらいます」

「ええ！　今から？」

「そうです。善は急げと申しますから」

「どこが善だよ」

　高林は僕のつっこみを無視して、アタッシェケースの中から一枚の書類を取り出した。そこには昨日、署名した僕のサインが書き込まれていた。

「なにぶん特殊な業界ですから、細かいところで一般企業の契約内容とは違いがあります」

「違い？」

「ええ。殺し屋ですから殺人を扱うわけです。いろんな意味で秘匿性が高いわけですね」

「そりゃあ、そうだろうな」

　いくらバックに日の丸親方がついているとはいえ、まさか殺し屋派遣を表沙汰にするわけにはいかないだろう。

「口外は禁物です。記録を残すなどそれらに類する行為も禁止です。それらを破れば大変申し訳ありませんがこちらの方で処分させていただきます」

「処分って殺すってこと？」

「さようでございます」

高林は僕の心中を慮《おもんぱか》ったのか少しだけ神妙な顔で答えた。

「またこれが重要なのですが、適性に欠けるなど何らかの理由で殺し屋認定をパスできなかった場合も同様です。つまり最終的に殺し屋になれなかった場合ですね」

「ちょ、ちょっと待て。殺し屋になりたくない場合はどうなるんだ？」

「同様の処分となります。『殺し屋になりたくない』が実は処分理由のナンバーワンなんですけどね」

そう言って彼は陽気に笑った。本当にデキの悪いコントに立ち会っているような気分だ。

「山道さんなら大丈夫ですよ。適性については社長からも太鼓判をもらってますし。ああ見えて飯馬社長はなかなかの目利きなんですよ。社長が推す人材はほぼ例外なくエース級の殺し屋になってます。山道さんは特に強くプッシュされてましたから、私としましても大いに期待しているんですよ」

そういえば昨日、社長は「ナンバーワンになるのは間違いない」と言っていた。

「ほ、本当に僕は殺し屋になるの？」

この期に及んでも現実感がない。話の流れに任せてコントの続きを演じているような状態だ。

「まずはご紹介させていただきますね。こちら老師のワンさんです」

高林がさっと横に逸《そ》れるとその後ろには小柄な白髪の老人が立っていた。紫色の絹の上衣の上から赤い胴衣を巻いている。老人は目を細めて僕を眺めながら、大きく蓄えた白い顎髭をさすっている。

うわあ、ベタだなぁ……。

少林寺拳法《しょうりんじけんぽう》やカンフー映画に出てきそうないかにも老師といった風貌である。いや、こんな感じの老師を映画で何度か見たことがある。

「ワンさんの本業は俳優さんなんですよ」

「俳優さんっすか？」

僕は素っ頓狂な声を上げた。

「ええ。やっぱり見た目の通り、老師の役が多いそうです。脇役でチラホラ出ているから一度や二度は見たことがあると思いますよ」

「はあ……」

見たことがあると思ったらやはり映画に出ていたのだ。

「俳優業のかたわら殺し屋稼業を続けておられます。キルキルカンパニー創立当時から在籍されている最古参ですよ」

「俳優業のかたわらって……」

「役者だけでは食っていけんでの。最近はもっぱらお前さんみたいな新参者の教育係じゃよ」

ワン老師は顎髭を撫でながら言った。その仕草、映画でも頻繁にやっていた。

それにしても殺し屋って俳優業のかたわらにすることかよ……。

「これから半年かけて老師のレクチャーを受けてもらいます。コロシの理論や実践、最終日には卒業試験もあります。試験をパスすればギャラの発生する依頼が来るようになりますから。それまで頑張ってくださいね」

高林は書類をアタッシェケースの中に戻し蓋をパタンと閉めながら言った。

「その卒業試験をパスできない場合はどうなんのよ？」

「先ほども申しました通り、誠に残念ではありますが処分の対象とさせてもらいます。でもご安心ください。ワン老師は安楽死の名手でもありますから。気がついたら死んでますよ」

死んでから気がつくもないと思うのだが、高林は涼しい笑顔で答えた。

「ああ、それと……」

彼はスーツの内ポケットから厚みのある封筒を取り出して僕に差し出した。受け取って中身を改めると一万円札が束になって入っていた。

「な、なんなの、これ？」

「前金ですよ。二百万円入ってます。これからはトレーニングに集中していただきたいので当面の生活費用に充ててください」

これはこれで助かる。理不尽極まりない飯馬社長の会社にしては妙に太っ腹だ。

いや、待てよ。殺し屋になれという時点で理不尽だ。

「あとは老師にお任せいたします。頑張ってスゴ腕の殺し屋になってくださいね。期待してますよ」

高林は丁寧に頭を下げた。老師は「フム」と頷くと僕の方をじっと見る。

「若いの。お前は殺人死体を見たことがあるか？」

「ぼ、僕ですか。見たことなんてあるわけないじゃないですか」

おばあちゃんの葬式で遺体を見たことがあるが、ただの老衰死で誰かに殺されたわけじゃない。

「こういうのは習うより慣れろじゃ」

突然、ワン老師は手刀を凄《すさ》まじい勢いで高林の首に叩きつけた。

高林はそのまま糸の切れた操り人形のようにその場に崩れ落ちた。

「ちょ、ちょっと何をするんですかっ！」

僕は慌てて玄関床に転がっている高林を覗き込んだ。首を変な角度に曲げて口からよだれを垂らしながら白目を剝いている。ピクリとも動かない。とてつもなく嫌な予感がして僕は彼の首筋に指を当てた。

「脈動を感じないじゃろ。死んでおるからの」

老師はゆったりとした袖に両手を入れながら「フォフォフォフォ」と映画に出てくる老師らしい笑いを広げた。

「な、なんてことを……」

僕はその場で腰を落としてしまった。あと少しで失禁してしまうところだった。老師は人の命を奪ったというのに愉快そうに微笑んでいる。

「殺し屋になるためのステップ1じゃ。まずは殺された死体に慣れること。そんなものをいちいち怖がっていては殺し屋は務まらんからのぉ」

老師は僕を見下ろしながら平然と言い放った。そして動かなくなった高林を道ばたに落ちている壊れた人形でも眺めるような目で見た。

「この死体、どうしてくれ……るんで……すか！」

僕のうわずった声が何とか言葉になった。頰の肉が強ばってピリピリと震えている。

「安心なさい。死体はキルキルの清掃人がきれいにしてくれる。うちの清掃人はなかなか気持ちのいい仕事をしてくれるでの。こちらも安心してコロシができるというわけじゃ」

「そういう問題じゃないでしょうが」

僕はほとんど泣き声になっていた。

「若いの。養成訓練は始まったんじゃ。腹をくくりなされ。今さら辞めることはできん。頼むからわしの手を煩わせないでほしい。若い者の死は胸が痛むでの」

たった今、目の前で何の罪もない若者を、微塵のためらいもなく殺したばかりじゃないかっ！

老師は手をパンパンと汚れを落とすように叩くと僕に向かって指をクイクイと曲げた。すぐに立ち上がれということらしい。僕としてもいつまでも腰を抜かしているわけにもいかず何とか立ち上がった。

「ウム。飯馬社長の言う通りお前さんはたしかに見所があるわい」

老師は少し感心したような顔をする。

「僕がですか？」

心当たりなどあるはずもない。

「そうじゃ。わしがこやつの息の根を止めたとき、お前さんは真っ先に脈を探って生死の確認をしなさった。そして次に死体の行く末を案じた。多くの者は敵の命を奪うことで頭がいっぱいで生死の確認を取りこぼしてしまうし、殺したあとは我を忘れてすぐにその場から離れようとするもんじゃ。お前さんは感覚的に殺し屋の心得が身についておる。生まれついての素質じゃの」

これでも褒められるだけマシということか。それでも全然嬉しくない。

「お邪魔しまあすっ！」

突然、青い作業着姿の男が玄関の中に入ってきた。顔の半分はあろうかと思うほどの大きな鼈甲《べっこう》メガネをかけて頭には作業着と同じ色のキャップを被っている。ビル清掃会社の作業スタッフを思わせた。彼は入って来るなり床に転がっている高林の死体を見下ろした。別段驚いている様子もない。

「今、話したじゃろ。うちの清掃人じゃ」

老師が男性を指さしながら言う。男性は度の強いレンズで大きく見える瞳をギョロギョロさせながら僕を見た。五十代後半だろうか。これといって特徴のないどこにでもいそうなメタボ体型のオッサンだ。しかし彼は高林の死体を見ても顔色一つ変えない。

「清掃人って何をするんすか？」

「死体の処分じゃよ。いつまでもここに転がしておくわけにはいかんじゃろうが。清掃人がきれいにしてくれる」

「きれいにってどうやって？」

僕が老師に尋ねると清掃人が、

「風呂場を使っていいですか？」

と僕に声をかけてきた。

「ふ、風呂場で何をするんですか？」

「バラバラにして薬液で溶かします。溶剤に浸《つ》けておくのに浴槽を使うんですよ」

清掃人はずれた鼈甲メガネを直しながら物騒なことを言った。拡大された瞳がギョロリと動く。

バラバラにして溶かす……。

僕はその状況を想像して慄然とした。ほとんどホラー映画だ。それもかなりマニアックな。

「ぼ、僕の風呂場でそんなことされたら困ります」

額から冷たい汗が流れてくる。

「大丈夫ですよ。臭いも血痕も残しませんから。それに風呂場が使えないと死体の処分ができませんけど。それでもいいですか？」

清掃人は死体を指さして苦笑する。

「いいわけないでしょっ！」

僕は思わず叫んでしまった。こんな所に転がしておいたら生ゴミどころの騒ぎでなくなる。

「若いの。さっさと試験をパスしてプロになってしまえばギャラもかなりのもんじゃ。そのときに大屋敷にでも引っ越せばよかろう。風呂場くらい使わせてやんなさい。困ったときはお互い様じゃろ」

何がお互い様だ。しかし死体を処分するには風呂場を提供するしかない。どちらにしろ選択の余地はなさそうだ。

「き、きれいに使ってくださいよ！」

僕は清掃人に強調する。彼は自信ありげに頷くと、高林の両足首を掴んでズルズルと風呂場まで引きずっていった。引っ越すまであの風呂に入るのは止めようと思った。

「あの男は殺し屋の養成を受けたんじゃが、最終試験が通らなくての。本来なら処分の対象なんじゃがちょうど前任の清掃人が交通事故で使えなくなったから、急遽《きゅうきょ》後釜として抜擢《ばってき》されたんじゃ。あやつにとっては命拾いじゃの」

老師は風呂場の方を眺めながら「フォフォフォ」と映画やドラマに出てくる老師らしいベタな笑い方をした。

「あ、あの、最終試験をパスできなかったら僕も処分されるんですよね？」

僕が恐る恐る尋ねると老師は、

「そうじゃ」

とあっけらかんと答えた。

「最終をクリアできればお前さんも晴れて一人前じゃよ。なあに、お前さんは素質がある。必ず突破できるじゃろうて」

いくら何でも僕のことを買いかぶりすぎだ。学校の勉強だって中くらいだったしスポーツだってさほど得意じゃなかった。ルックスだって人並みよりちょっとだけ上ってレベルだし、収入に至っては語るまでもない。

とはいえ、この状況では最終試験にパスするしかない。昨日からのシュールな展開に先ほどまでさっぱり現実感を持てなかったが今は違う。この老師は僕の目の前でまるでビーチでスイカを割るかのように高林を殺《あや》めたのだ。それも僕に殺人死体を見せるという、たったそれだけのために……。

もし最終試験とやらにパスできなければ、この老人は顔色一つ変えることなく僕の命を止めるだろう。不意打ちとはいえ手刀の一撃でいとも簡単に相手を仕留めたのだ。中国古来から伝わる暗殺拳とか殺人拳の類に違いない。格闘技どころかケンカの心得もない僕に対抗できるとはとても思えない。そして僕の死体はあの清掃人によってバラバラにされた挙げ句に溶剤でドロドロにされる。死ぬのも怖いが、死んだ後の光景もゾッとする。

僕はゴクリと唾を飲み込んだ。

「老師お願いがあります」

僕は姿勢を正すと改まって老師に向き直った。

「言うてみい」

「試験がパスできなかったら……苦しまないようにお願いします」

僕は背筋を伸ばし真っ直ぐに頭を下げる。

僕は観念することにした。とりあえず頑張ってみよう。殺し屋も悪くないかもと思えるようになってきた。非日常的な世界にロマンを感じないでもない。その世界に飛び込むことで面白味のない鬱屈した毎日から抜け出せるかもしれない。少なくとも今の僕の人生はまるでクソだ。クソったれだ。

「キル・ミー・ソフトリーじゃな」

老師はらしくない言い回しを口にすると相変わらずベタな笑い声を上げた。

＊＊＊＊＊＊＊＊

次の日。僕はワン老師とアパート近くの公園で待ち合わせた。

「ほう、逃げなかったとは感心感心」

公園に現れた僕を見てベンチに座って鳩《はと》に餌を撒いていた老師がニヤリとした。

「逃げてたらどうなるんすか？」

「キルキルはああ見えて長い腕を持ってるからの。逃げ切るのはまず無理じゃろうなあ」

飯馬社長がキルキルカンパニーは国が絡んでいるとほのめかしていた。警察や諜報《ちょうほう》機関に手を回して追跡するのだろう。胡散臭い社長だと思っていたが筋金入りの胡散臭さだ。

あのあと、清掃人は仕事を終えて帰っていった。風呂場には血の染みひとつ残してなかった。昨夜はよっぽど逃げようかとも思った。しかし逃げられない予感がその思いを遥かに上回ったのだ。高林殺害に清掃人。異様な出来事の展開にすっかり怖《お》じ気《け》づいたというより、諦めに似た思いだった。それに殺し屋というどこか漫画的で非現実的な存在に対する好奇心もあった。

「それで今日は何をするんですか？」

僕は鳩に餌をやっている老師に尋ねる。彼は夥《おびただ》しい数の鳩に囲まれて楽しそうに微笑んでいた。そうしている姿はとても殺し屋に思えない。人生の終焉《しゅうえん》を静かに待つ老人だ。

「まずはなぜ今日わしがお前さんをこの公園に呼んだと思う?」

ワン老師はベンチから立ち上がると僕の前に立った。老師は小柄で頭が僕の首より下にくる。

「僕のアパートの近くだからじゃないですか。広さもあるから準備運動とか殺人技のトレーニングもできる……とか」

そう思って今日は動きやすいジャージ姿で来たのだ。ふと案外やる気になっている自分に気づいて苦笑した。

「向こうのベンチを見なさい」

僕は老師の目線の先を追った。公園広場を隔てたベンチにはサラリーマンだろう、スーツ姿の中年が腰掛けている。

「あの男性は誰なんです?」

「今回のターゲットじゃ」

ターゲット。つまりコロシの対象ということだ。

男はベンチに腰掛けて鞄《かばん》を膝の上に載せたままコミック雑誌を広げている。

「中本正夫《なかもとまさお》、三十八歳。独身。証券会社に勤務しておる」

老師はうろ覚えながら会社の名前を告げた。株に無縁の僕でも知っている大手外資系だ。

「どう見たって普通のサラリーマンじゃないですか」

「我々のターゲットは何もヤクザや悪徳政治家ばかりとは限らん。案外、あの手の普通のタイプが多いくらいじゃ」

　中本はコミック雑誌を読みながら愉快そうに肩を揺すっていた。体型は中肉中背。短髪でこれといった特徴のないのっぺりとした目鼻立ちをしている。美しくもないが醜くもない。明日には忘れてしまいそうな顔だ。

「仕事をさぼっておるんじゃろうな。いつもこの時間になるとあそこに座っては漫画を読んで時間を潰しておる。恋人なし。趣味はテレビゲームのようじゃな。休みの前日になると店でゲームソフトを買っておる。休日は部屋の中から出てこん。見ていてなんとも退屈でつまらん男じゃわい」

　老師は髭をいじりながら男を遠巻きにして眺めている。

「まずはターゲットのことを徹底的に調査する。生活、交友、仕事、収入から趣味や思想や癖に至るまでじゃ。どんなに警戒心が強い人間でも必ずスキがある。まずはそれを探ることから始めるのじゃ。そして相手を知ることはあやつらに対するリスペクトでもある」

　この老師の口から「リスペクト」なんて単語が出てくるとは思わなかった。ターゲットをリスペクトするなんていかにもプロフェッショナルっぽい言い回しだ。

「あっ、立ち上がった」

　中本は漫画を閉じてバッグにしまうとベンチから腰を上げた。ベンチの上に置いてあった缶コーヒーを飲み干してゴミ箱に投げ入れるとそのまま公園の出口に向かって行った。

「あとをつけるぞ」

「は、はい」

　僕たちは距離を置いて中本のあとを追った。彼は僕たちの尾行に気づく様子もない。ゆったりと気怠《けだる》そうに歩いて行く。

「会社に戻るつもりじゃな」

会社はここから二キロほど離れたところにあるという。中本は仕事熱心な社員ではないらしい。老師がいうにはほぼ毎日あの公園で時間を潰しているという。それ故、社内での業績も芳しくなく評価も低いようだ。それでも今のご時世、正社員でいられるだけ恵まれている。彼はあんな感じで定年まで会社に腰掛けするつもりなのだろう。

「そんな男を殺そうと思う人間がいるんですかね？」

「あやつは会社の上司の秘密を握っているわけじゃ」

「え？　じゃあ、依頼人ってその会社の上司ですか？」

老師はのんびりと頷いた。

「秘密がばれたらその上司は失脚間違いなしじゃからのう。それをネタに中本から強請《ゆす》られたらしい」

「まったく……」

中本も中本だが、いくら強請られているからと殺し屋を雇う上司も上司だ。僕は中本の背中を見ながらため息をついた。

「世界には自分を殺したいと思っている人間が三人いる。殺し屋業界の諺《ことわざ》じゃ」

つまり僕が死ねばいいと思っている人間がこの世の中に三人もいるというわけか。

そんなことを思いながら歩いていると、中本は人通りのない路地に入って行った。

「あやつはいつもこの道を通って会社に向かう。近道なんじゃ」

老師はそう言って歩を速めた。目に入るところに人気《ひとけ》はない。

「ここで殺すんですか？」

「それがよかろう。ほれ」

いきなり僕の目の前に尖った金属が差し出された。陽光が反射してギラリと光る。ナイフだ。

「な、なんですか、これ？」

「あやつの背中をよく見なさい」

老師は僕の質問には答えず中本の方を指さした。目を細めながらよく見ると彼の背中に白い丸がチョークか何かで書き込まれている。

「お前さんのために前もってわしが印を付けておいてやった。あれは急所の位置じゃよ。あの印にそいつを刺し込めば確実に息の根を止めることができる」

「そ、そんな、いきなり……」

「お前さんにとって必要なのは、まずは一線を踏み越えることじゃ。これが案外高い壁での。これを乗り越えられんで終わっていく者が多い。乗り越えられんということは殺し屋になれないということじゃ。つまりそれは……分かるな」

老師の瞳がギラリと刃物と同じ光を放った。殺し屋になれない、つまり僕にとって死を意味する。それを手がけるのがワン老師だ。今の眼光にただならぬ殺意を感じた。

「今、すぐやらなくちゃダメですか？」

「ここでやれんとなると見込み薄じゃろうなあ。お前さん、殺し屋になりたいんじゃろ」

「はい、何となく」

少年時代に抱いていたアンチヒーローへの憧れや現実感のなさも手伝って、そんな思いが僕の中で少しずつだが膨らんでいた。何より殺し屋になればさえない人生も自分自身も変えられるんじゃないかという思いもあった。

「だったら今やるんじゃ。今できないことは今度もできない。逆をいえば今できることは今度もできる。プロフェッショナルにとって一番許されないのはできないということじゃ。今回は特別に急所マーカーのお膳立てもしてある。あそこにそれを刺し込めばあの男を必ず仕留めることができる。その位置と感触を体で覚えるんじゃ」

　そう言って老師は僕の手に刃物を握らせた。

「モタモタしている時間はないぞ。目撃されたらやっかいなことになる」

「他人に見られたらどうすればいいんですか？」

「そんなの決まってるじゃろ」

　彼はそれ以上答えなかったが聞くまでもなかった。漫画やドラマに出てくる殺し屋たちの鉄則だ。裏切った依頼人は消せ、そして目撃者は始末しろ。僕は音を立てて唾を飲み込んだ。

「いいか。思いっきり刺し込むんじゃぞ。ためらったら失敗じゃ。そしてこれは大事なことじゃが、凶器は残すな。忘れずに回収するんじゃ。さあ、行け」

　ワン老師は僕の背中をポンと叩いた。ナイフを握る僕の手はじっとりと汗ばんでいる。呼吸も乱れてきた。何度も深呼吸をしながら心拍を整えていく。

　僕は本当にコロシができるのか？

　夢の中にいるような気分だった。夢の中なら何をしてもかまわない、だからやるんだ。そんな心境だった。殺し屋になって夢も希望も持てない鬱屈とした日常から抜け出したい。せめて夢の中なら許されるだろう？

そんな現実逃避を思い巡らせながら僕は歩をさらに速める。徐々に急所を記した白い印が大きく見えてくる。僕はそこだけに視線を集めた。視野が狭まり相手の頭も手足も死角になっていく。あの丸の中にナイフを突き立てるのだ。それだけを考えるようにした。人間の形を意識してしまうと怖じ気づきそうだった。

僕は殺し屋になるのだ。殺し屋になるのだ。

そう念じながら歩く速度を上げていく。

やがて白い印が射程距離内に入った。

今だ！

僕は逆手に握ったナイフを振り上げる。

そして丸い印の真ん中に向かって一気に振り下ろした。

「あれ？」

白い丸印が僕の目の前から一瞬にして消えた。ナイフは大きく空振りして僕はバランスを崩してずっこけそうになった。

よけられた⁉

僕は思わずナイフを構えて正面に向き直った。しかし目の前に中本の姿はなかった。

彼は僕の足下に転がっていた。

刺してないのに……。

僕には何が何だかさっぱり分からなかった。男は仰向《あおむ》けのまま倒れている。頭が浮き上がってる？　よく見ると大きな石を枕にした状態だ。転倒して打ちつけたのだろう、意識はない。そっと首筋の動脈に触れてみた。なんの反応もない。

「死んでる……」

「ほら見なさい。モタモタしてるから先を越されちゃったじゃろ」

老師が近づいてきて言った。

「先を越されたって？」

「二つの依頼がかち合ったんじゃ。先ほどの諺を思い出しなさい。世界には自分を殺したいと思っている人間が三人いる。そのうちの二人が殺し屋に依頼をしたんじゃろ。一人はキルキルに、そしてもう一人は死神じゃ」

「死神？」

「元キルキルの同業者じゃ。偶然の事故に見せかけてターゲットを殺す、いわば新感覚の殺し屋じゃ。あやつもなかなかのやり手じゃろう。なにを隠そう、わしが指導したんじゃぞ。ほら、男の足下を見なさい」

老師はそう言って股を開いて倒れている中本の足下付近を指さした。僕はそこに落ちているものを慎重に拾い上げた。中本が踏みつけて潰れているが甘い匂いがする。

「バナナの皮？」

「やつの象徴じゃ」

つまり彼はバナナの皮に足を滑らせて転倒した。転倒した際に後頭部を大きな石に激しく打ちつけた。当たり所が悪かったのだろう。帰らぬ人となった。

僕は先日読んだ都市伝説を扱ったオカルト雑誌を思い出した。その記事も死神と呼ばれる殺し屋特集だった。読んだときはバカバカしいと思ったが本当に存在したのだ。

この老人がその死神の師匠とは……。

「依頼が重なることは稀《まれ》にあることじゃよ。気を落とさんでもええ。初コロシは次回に持ち越しじゃ」

つまりダブルブッキングということか。

こうして僕の初仕事は苦い結果に終わった。

＊＊＊＊＊＊＊＊

あれから無我夢中の半年間だった。

僕はいつものようにアパート近くの公園でワン老師と待ち合わせをする。殺し屋になるため僕は老師についてそのノウハウを学んだ。初仕事は見事にコケてしまったが、その後は順調だった。飯馬社長が見込んだ通り、どうやら僕は本当に殺し屋の素質があったらしい。

あれから僕は何人ものターゲットを手がけた。いずれもキルキルカンパニーに舞い込んだ依頼だ。初のコロシはさすがにパニック寸前だったが、二回目からは冷静に対処できた。もちろん老師の指導の下である。彼はすぐに息の根を止められる人間の急所の数々を教えてくれた。そして人間ってこうも簡単に殺せてしまうものだと身を以《もっ》て知ると罪悪感も薄れていった。命が本当に尊いものならば、こんなに脆《もろ》く儚《はかな》いものではないはずだ。そういう発想になるのも殺し屋の素質なのかもしれない。僕は場数を重ねるごとに腕を上げ、コロシに対する恐怖や哀しみをコントロールできるようになっていった。相手が身内や知り合いでない限り、いつでもどこでも躊躇《ちゅうちょ》なく手を下せる自信がある。

「わしが見込んだだけのことはあるな」

老師も満足げに僕を見上げて言った。じっくりと手を掛けてきた自分の作品を眺めているような目だった。

「ありがとうございます。僕もこれから殺し屋としてやっていけるような気がしてます」

僕は頭を下げて感謝の気持ちを示した。殺し屋なんて考えたこともなかったが天職だったようだ。自分でも驚くほど上手くこなせるし、この仕事に充実感さえ覚える。これまでにもフリーターとして多くの業種をこなしてきたが、どれも自分にはなじまなかった。

「今日がいよいよ最終日じゃ。お前さんが一人前の殺し屋としてやっていけるかを見極めるいわば卒業試験じゃ。最終だけあって今までのようにはいかんぞ」

僕は身を引き締めて頷いた。ついにこの日がやってきたのだ。どんなターゲットだろうと今の僕には必ず仕留める自信がある。最終テストだけあっていつもより手強いターゲットが課せられるそうだ。

「ワン老師、お久しぶりでございます」

僕の背後から男の声がすると老師は声の主に向かって小さく頷いた。振り返るとそこには思いがけない人物が立っていた。

「高林さん⁉」

僕は思わず後ずさった。高林は半年前、老師の手によって帰らぬ人となったはずだ。

「こやつは弟の方じゃ。双子の兄弟じゃよ」

老師は僕の背中を軽く叩きながら声を潜めて言った。

「双子ですか……。どうりで似ているはずだ」

　僕は弟の顔をまじまじと眺めながら言った。文字通り瓜《うり》二つの双子である。両親も区別できないのではないかと思うほどにそっくりである。

「ずっと兄と連絡が取れないんですよ。老師はご存じありませんか？」

「い、いや、知らないのぉ。そういえば海外旅行するとかなんとか言っておったぞ」

「あいつ、そんなこと言ってました？　変だなあ。だいたい僕たち双子は飛行機が苦手なんですよ」

「ふ、船の旅じゃろ。海が見たいと言っておったでの」

　老師は顔を引きつらせながら出任せを言っている。まさかドロドロに溶かされて僕のアパートの風呂場の排水溝に流されたなんて言えない。

「海が見たい？　そんなロマンチストじゃないですよ。女でもできたのかなあ」

　何も知らない高林弟は無邪気に首を捻《ひね》っている。

「きっとそうじゃろう」

「まっ、僕たち兄弟は仲良くないんでどうでもいいんですけどね」

　老師も安堵したように髭を撫でた。

「そんなことより今日はこやつの最終テストじゃ。ふさわしいターゲットは決まっているんじゃろうな」

「ええ。この男です」

そう言いながら高林弟はアタッシェケースからタブレット端末を取り出した。液晶画面には男性の顔とプロフィールが表示されていた。青白く頬のこけたなんとも貧相な顔の男性だ。名前や住所が書き込まれたプロフィール欄を見ると年齢は三十歳、職業は歯科技工士とある。

「遺産絡みの依頼です。ターゲットを消して自分たちの分け前を増やそうというわけですね」

高林曰《いわ》く、相続の絡んだ依頼は少なくないらしい。

「ぱっとしない男じゃのう。こんなのが最終テストのターゲットとは。もっとましなヤツはおらんのか」

老師は不満そうに表示画面を人差し指で叩きつけた。

「それがですねえ、このターゲットは一筋縄ではいかないんですよ」

高林はそう言って表情を曇らせる。

「なんじゃ？　この男が暴力団員とか元殺し屋とでもいうのか。とてもそうには見えんがの」

老師は画面を見ながら苦笑を含ませた。見るからに気弱そうな感じのするさえない男だ。今まで手がけてきたターゲットよりも難易度が低い気がする。こんな男が一筋縄でいかないなんてどうにも解せない。

「ただの一般人ですよ。見た目通り、腕力も覇気もない小心者です」

「どうしてそんな人間が一筋縄ではいかんのだ?」

「実は既に三人の殺し屋が手がけているんです。しかし三人のうち二人は命を落として、残りの一人は瀕死《ひんし》の重傷で病院です。聞いた話によると社会復帰は絶望的だということです」

「何じゃ、そりゃ?　そいつらの腕に問題があるんじゃろ」

老師が眉をひそめる。

「たしかに入院中のワタナベは経験が浅いですが、亡くなったあとの二人はベテラン中のベテランですよ。ほら、老師もご存じでしょう。カネコさんとシライシさんです」

「まさかの。キルキルの中でも相当の手練《てだれ》じゃぞ。あの二人に狙われて助かった者はおらん」

老師は驚きを隠せないようで目を丸くして言った。

「ですよねえ。でもあの男を狙ったうちの殺し屋が三人もいかれてるんです。どうです?　最終テストにふさわしいターゲットでしょう」

「なるほどな。で、この男はどうやってカネコたちを返り討ちにしたんじゃ?」

老師が改めて高林を問い質《ただ》す。

「それがよく分からないんです。カネコさんは雑居ビルの屋上からライフルで狙撃しようとして転落、シライシさんはあとをつけている最中に心臓発作で亡くなりました。ワタナベは背後からナイフで襲いかかろうとしたんですが、そのタイミングで女に刺されたんです」

「女に刺されたじゃと？」

老師も僕も顔をしかめた。

「はい。何でもワタナベは女たらしで複数の女とつき合っていたらしいんですよ。そのうちの一人がよりによってターゲットを仕留める直前に刺したというわけです」

ワタナベは、命だけは取り留めたが元のように動ける体ではないという。

「そいつは神がかった強運の持ち主じゃな」

「そうなんですよぉ。本人は命を狙われていたことすら気づいてません。もう恐ろしいほど天然ですよ」

高林は肩をすくめた。

「ふん。たまたま運がついていただけじゃ。そんな僥倖《ぎょうこう》は何度も続くもんじゃない」

「だと、僕も思うんですけどね。それでもうちの手練たちが仕損じたターゲットです。まさに殺し屋キラーですよ」

「なるほど。最終テストにしてはいささか簡単すぎる気もするが仕方あるまい」

老師は僕を指さして言った。

「はあ……」

僕はとりあえず頷いた。三人も仕損じた相手となるとたしかに不気味な空気を感じるが、話を聞く限りただの偶然が重なっただけだ。こんなつまらない顔をした男が最終テストのターゲットなんて肩透かしもいいところだ。

「よし、きゃつのいるところまで案内してもらおうかの」

老師が高林に声をかけた。

今までで一番楽なミッションだ。さっさと終わらせよう。

＊＊＊＊＊＊＊＊＊

「あの男です」

高林が建物から出てきた男性を指さした。モルタル造りの平屋の建物の玄関には「精密デンタルラボ」とロゴでデザインされたプレートがはめ込まれている。

「歯科技工所です。ここで入れ歯とか歯の詰め物が作られているんですね」

先ほど見せられたターゲットのプロフィールの職業欄には歯科技工士とあった。男は写真で見た通りで青白く貧相な顔立ちをしていた。ひょろっとした長身で手足が長く、紙を人型に切り抜いたような薄っぺらいイメージがある。ちょっと強い風が吹けば飛ばされてしまいそうな心細さである。写真よりも実物の方がさらにみすぼらしい。

「あんなペラペラの男にうちの腕利きが三人も返り討ちに遭っておるのか」

「ええ。とてもそんな風には見えないんですけどね」

と高林が苦笑した。男はあとをつけている僕たちにも気づいた様子はない。歩道をぼんやりとした様子で歩いている。これといった警戒心も窺えない。

「このまま背後から襲えば簡単に仕留められそうですね」

僕はワン老師に声を潜めながら言った。ターゲットは僕たちから十メートルほどしか離れていない位置で信号待ちをしていた。大通りなので人目に付く。ここでは手を出せない。チャンス到来を待つしかない。やがて信号が青に変わった。男はゆったりと横断歩道を歩き出した。

そのときだった。

赤信号に気づかないのか車が横断歩道に突っ込んできた。運転手も歩行者に気づいたのか急ブレーキをかける。キューとタイヤが擦れる音がして車は男のすぐ近くで止まった。車のバンパーと彼の間には数十センチの隙間しかない。運転手はビックリしたような顔を向けて運転席で固まっているが、男は何事もなかったかのように横断歩道を渡った。

「あっぶねー」

僕は額を拭いながらため息をついた。

「相変わらずツキがありますねえ」

高林が小さな嘆息を交えた。

「ふん。そんなツキがいつまでも続くわけがない。少なくともワシが手がけたら運もくそもないがの」

ワン老師は目を細めながら男の猫背を眺めた。老師はターゲットの神がかった強運をさほど気にしてないようだ。高林曰く、老師に狙われて生き延びたものは一人もいないらしい。

「時間的に帰宅ですから、すぐそこの路地を曲がります。そこは人通りがほとんどありません」

「よし。さっさと片を付けるぞ」

腕時計を見ると夕方の六時を回っていた。ターゲットは高林の言った通り、路地に入っていった。僕たちもすぐ後ろについていく。それでも男は僕たちの気配に気づいてないのか背後を振り返ろうともしない。暢気《のんき》に口笛なんて吹いている。薄暗い路地は細く両側をブロック塀に挟まれていた。僕たち以外に通行人はいない。

「今回はこれを使え」

ワン老師は袖の中から刃物を取り出した。掌に収まる程度の小型のナイフだ。木製の柄の部分が少し短めに加工されている。

「投げナイフですか」

僕はそれを受け取った。中学、高校と野球部でピッチャーをやっていたこともあってスジの良さを老師に褒められた。今の僕にとってナイフ投げは特技の一つになっている。

「狙う位置は分かっておろうな」

「はい」

僕は老師から教えられた人間の急所の数々をこの数ヶ月間で頭に叩き込んだ。半年前のように急所をマークしなくても仕留めることができるようになった。

「老師の投げナイフは一撃必殺の職人技ですからね。その老師直伝なら確実ですね。さすがにこれでお終《しま》いでしょう」

高林の言葉が心強い。あれから徹底的にトレーニングを重ねてほぼ百発百中的に当てることができるようになった。ましてやターゲットと僕との距離はほんの数メートル。外しようがない。さらにターゲットの警戒心が皆無なので、やはり今までで一番簡単な仕事になりそうだ。これが最終テストだなんて何だか物足りない。しかしこれをクリアすれば僕は晴れてプロの殺し屋になれる。

僕は狙いを定めてナイフを摘《つま》んだ右手を振り上げた。

「よし、そこを曲がる寸前に仕留めるのじゃ」

人は歩く方向を変えるときに一瞬だけ意識が緩む。そのわずかな隙が殺す者にとっての決定的な好機になる。それは老師が教えてくれたことだ。

今だっ！

僕の手は背中の急所を目がけて空を切った。

それと同時に男の背中が僕の視界から一瞬にして消えた。

「な、なんで……」

僕の隣に立っていた高林が崩れるようにして地面に倒れた。僕にはそれがスローモーションのように見えた。彼の額にはナイフが深々とめり込んでいるではないか！

「た、高林さんっ！」

僕は慌てて腰を落とすと倒れている高林の頭を持ち上げた。

僕がナイフを投げた瞬間、男はほどけた靴紐《くつひも》を結び直すためにしゃがみ込んだのだ。ナイフは彼の頭上を素通りし、ブロック塀に跳ね返って高林の額を直撃したというわけである。彼も僕がナイフを投げた数秒後にまさか自分が死ぬとは夢にも思ってなかったたろう。彼の死に顔は「この俺に何が起こったんだ？」と言わんばかりの表情である。目を丸く見開き口をポカンと開けてマヌケな表情で息絶えている。

男はいつの間にか角を曲がって姿を消していた。

「ど、どうしよう……。僕が高林さんを殺しちゃった」

「うろたえるでない！」

パニック寸前の僕に老師が一喝する。彼は高林の額からナイフを抜き取ると、

「すぐにこの場を立ち去るんじゃ。人に見られたらやっかいじゃからのう」

と僕を促した。「コロシの現場からはすぐに離脱」は殺し屋の鉄則だ。もちろん凶器や手がかりの回収を忘れてはならない。この半年間の経験で殺すことに対する感覚が麻痺《まひ》してきていた。だからすぐに気持ちを立て直すことができた。さすがに初コロシは丸一日茫然自失状態だったが。

僕たちは高林の死体を残したまま、足早に角を曲がりターゲットのあとを追った。

「老師、やはりあの男は本物の殺し屋キラーですよ！」

「何をバカなことを言っとる。単なる不慮の事故じゃ。よいか。殺し屋は徹底的に臆病でなければならん。油断や思い上がりが思わぬ落とし穴となることもある。しかしターゲットを怖れてはならん。怖れは冷静を奪う。臆病でいることと怖れることは似て非なるものじゃ。それを忘れるな」

彼はターゲットから目を離さずに言った。それは初コロシのときにも口にした教訓だ。

そうだ……単なる偶然に決まってる。そんな偶然が何度も続くものか。

やがて男は路地の途中で立ち止まった。ポケットから財布を取り出して小銭を漁っている。彼の立つすぐ前に缶飲料の自動販売機があった。つい二分前に命を狙われて、そのはずみで他人が命を落としたことなど知った様子もない。ぼんやりとした顔でボタンを押して取り出し口に手を突っ込んでいる。

「チャンスじゃ。背後から近づいてあやつの急所にお前の手刀を叩き込め。ためらいは禁物じゃぞ。一撃で仕留めてくるんじゃ」

ワン老師は遠目にターゲットを眺めながら僕に告げた。一撃必殺の暗殺拳。頸部《けいぶ》の一部に一撃で息の根を止めてしまえる急所がある。正確に急所を捉えることができれば武器を使わずとも確実に仕留められるのだ。僕はその技も老師から叩き込まれた。実際にその技で数人の命を止めている。まだ一度も外したことがない。老師にもスジがいいと評された。飯馬社長の目利きは本人の言う通り優れたものだった。

男は取り出し口から小さな缶を取りだした。オレンジジュースだ。小さい代わりに濃縮された果汁のたっぷり詰まった人気商品である。僕もよく買って飲んでいる。他のジュースと比べても明らかに美味なのだが、いかんせん量が少なめだ。喉が渇いていると一呼吸で飲みきってしまう。量的に若干物足りなさが否めない。だからつい二本目を買ってしまう。メーカーもそれを狙っているのだろう。

男はプルトップを開けると左手を腰に当ててジュースを飲み始めた。

敵は無防備だ。

「今じゃ！」

手刀がいつでも振り下ろせるよう構えを取ったまま、老師の合図とともに僕はターゲットに向かって駆け寄った。数秒後には彼の急所が射程距離内に入った。僕は手刀を急所に向かって思い切り叩きつけた。

「うわっ！」

その瞬間、僕は足を滑らせ手刀は彼の急所をかすめて空を切った。そしてバランスを失い、その場で勢いよく転倒した。

「いってえ！」

僕は地面に後頭部をしたたか打ちつけた。かなりの衝撃だ。それから何とか立ち上がるも頭の中が痺れている。

「だ、大丈夫ですか⁉」

男が慌てて駆け寄ってきて僕の顔を覗き込む。

「す、すみません！　まさか後ろに人がいるなんて思わなかったから」

男は申し訳なさそうな顔をして僕に謝罪した。

「缶のポイ捨てはマナー違反だろっ！」

僕はまだ痛む頭を押さえながら男の顔を睨《ね》め付けた。彼は顔を引きつらせながら僕を見た。

「本当にごめんなさい！　僕の悪い癖で、ついやってしまいました」

男は量の少ないオレンジジュースを一気に飲み干すと空き缶を路上に投げ捨てたのだ。僕はその落下地点へ駆け寄って転がる缶に足を取られたというわけである。体のバランスを失った僕は手刀を空振りさせて転倒し、ダメージを食らった。まさにカウンターだ。

足下を見ると僕に踏まれてへこんだ缶が転がっていた。

またも失敗だ……。

僕はおそるおそるワン老師を見た。彼は呆れたような表情で首を振っている。

まずい。

これをパスできなければ殺し屋になれない。殺し屋になれないということは死を意味する。

「ケガはありませんか？　すりむいたりしてません？」

男は僕の手足を検分しながら心配そうに尋ねてきた。

《ケガどころかあんたのせいで何人も死んでるよ》

僕は心の中で毒づく。この場でポケットに入っているナイフを取りだして彼の喉元を切り裂こうかと思ったが通行人が現れた。つい先ほどまで僕たち以外に人気《ひとけ》がなかったのに少ないながらも通行人が途切れなくなった。なんという強運の持ち主だろう。この男には鉄壁の守護神がついている。

「大丈夫ですから。僕のことは気にしないでください」

僕は彼の手を振り払うと立ち上がる。右の足首がズキリと疼いた。彼は肩を貸そうとしたが僕は手を横に振りながら拒んだ。ターゲットと言葉を交わすのは好ましいことでない。僕は足を引きずりながら彼から離れた。

「どうした？　降参か？」

大通りに出てバス停留所のベンチに腰掛けて捻った足首を揉んでいるとワン老師が近づいてきた。そして通りを挟んで向こう側の歩道を指さす。そこにはターゲットの歩く姿があった。彼は長い背中を丸めながらゆっくりと歩いている。その背中からは、何人もの腕利きの殺し屋を返り討ちにした凄《すご》みも気配も感じられない。むしろ将来の夢や希望を諦めたような無気力すら漂わせている。

どうしてあんな男を仕留められないのか。

「棄権してもいいんじゃぞ。それならあとはわしの仕事じゃ」

老師は僕にどこか寂しげな目を向けた。

「まさか。僕が必ず仕留めます」

僕は完全に意地になっていた。こうなったらいつまで不慮や不運が続くのか見届けたくなる。

「それでは次が最後のチャンスじゃ。これ以上の失敗を認めるわけにはいかんでの」

「さ、最後ですか？」

ワン老師は哀れむように首肯した。次で失敗すると僕は殺し屋失格の烙印《らくいん》を押されて、老師の手によって処分されてしまう。老師と一騎打ちになったら今の僕ではとてもかなわない。

「次に仕留めることができて及第点ギリギリじゃの。もうすでに二回も失敗した上にうちのスタッフを巻き添えにしたんじゃからな」

つまりラストチャンスである。僕は大きくため息をついた。

「おや？」

突然、老師が手を庇にしながらターゲットの方を向いた。僕もそれに倣《なら》う。

彼は向かいのビルに入っていった。階数を数えてみると十ある高いビルだ。玄関に近づいて外から中を覗いてみる。小さな会社がいくつか入居しているが、空きフロアもいくつかあるようで屋内は閑散としている。警備員がいないので誰でも中に入ることができる。男はそのまま階段を上っていった。

「このビルに何の用があるんでしょうね？」

入居しているプレートを確認してみたが彼の職業である歯科技工士と関連するような会社は見当たらなかった。

「さあな。どちらにしても好都合じゃよ。ここなら人目につかないじゃろう。この建物内で仕留めるんじゃ。それができたら合格としよう。二人で中に入って行けば怪しまれるから、わしは外で待つことにしよう。やつの強運か、お前さんの腕が勝るか。お手並み拝見といこうかの」

「あいつを仕留められたら僕を一人前の殺し屋と認めてくれるんですね」

「もちろん合格じゃ」

つまりこれで見習い期間は終了。次からの仕事は高額のギャラがついてくる。鬱屈としてさえなかった生活から抜け出せるかもしれない。これから先をアンチヒーローとして生きるのだ。今までの僕は他人を引き立てる役回りだった。いつも損をして搾取されて踏み台にされてきた。だけどこれからは違う。僕が他人の生殺与奪権を握るのだ。彼らの運命は僕の胸先三寸で決まる。そんなことを考えると愉快な気持ちになってきた。そのためにはこの仕事を取りこぼすわけにはいかない。

僕は大きく深呼吸をして自分の両頬をパンパンとはたいて気合いを入れた。相手は丸腰だ。さらに命を狙われてることにも気づいていないので警戒心もない。

「行きます」

「健闘を祈るぞ」

老師はビル真下の縁石にどっこいしょと腰掛ける。殺気を消すとごくごく普通の中国の老人だ。この人は今までに何人の命を奪ってきたのだろうか。

僕は自動ドアをくぐり屋内に入った。エレベーターの扉には「故障中」のプレートが下がっている。だから男は階段を使ったのか。僕も狭いロビーを抜けて階段を上る。ターゲットはどこに向かったのか。エレベーターは動かないし、階段はここしかないから行き違いになることはないだろう。ビルも各フロアに一つずつオフィスが入っているほどの規模でしかない。年季もそれなりに入っているようで中は薄暗く防犯カメラも設置されてないようだ。

ターゲットのあとを追って足早に上っていると、やがて上の階から足音が聞こえてきた。手すりの隙間から上の階を見上げるとチラリとだがターゲットの姿が確認できた。

背後から襲って一気に片を付けてしまおう。

僕はポケットからバタフライナイフを取り出した。今なら急所のひと突きで仕留めることができる。ターゲットはさほど苦痛を感じることなく息絶えるだろう。悶絶《もんぜつ》を与えないコロシこそ一流の証《あかし》だとワン老師が言っていた。一撃必殺が彼の信条だ。

しかし男は階段を上る足を止めない。いったいどのフロアに向かっているのか？

やれやれ……十階かよ。

十階には化粧品を扱う会社が入っていたはずだ。あの男に縁があるとは思えない。その会社に勤務する女の中にカノジョでもいるのか。

しかし彼は十階も素通りした。さらに階段を上っていく。

えっ？　屋上？

彼は扉を開けると外に出た。僕もほんの少しの間を置いて屋上に出る。さほど広くない屋上は四方を腰の高さほどの鉄製のフェンスに囲まれている。そのフェンスも所々錆び付いていた。外には男と僕の他には誰もいない。

彼はフェンスに手を置いてビルに囲まれた屋上の景色を眺めている。背後に立つ僕の気配に気づいた様子もない。やがて彼は思いも寄らない行動を取り始めた。いきなり靴を脱いでフェンスをまたいだのだ。

「お、おい！」

僕が声をかけるとビルの下を眺めていたターゲットは振り返りぼんやりと僕を見た。

「ああ、さっきの……」

彼は僕に向けた目を眩《まぶ》しそうに細めた。

「こんな所で何をしてるんだよ？」

「何って……。あなたには関係ないでしょう？」

「まさか飛び降りるつもりじゃないだろうな？」

「なんで靴なんか脱ぐと思います？」

「そんなの知るかよ」

「死は儚いからですよ」

「は？」

「靴を履かないと儚いを引っかけているんですよ」

これが人生最後のジョークだと言わんばかりに苦笑をする。

「そんなんどうでもいいわ！　なんで飛び降りるんだよ？」

「もう嫌になっちゃったんですよ。仕事はクビになっちゃうし、つき合っていたカノジョにはフラれるし」

男は投げやりな態度で答えた。

「ふざけんな！　お前を殺したくても殺せなかったヤツがたくさんいるんだぞ！」

僕は思わず怒号をぶつけた。そんな僕を見て男は目を白黒させた。

「なんのことです？」

「い、いや、何でもない。とりあえず死ぬつもりなんだな？」

「もちろんですとも」

男はあっけらかんと答えた。あれだけ殺し屋たちを返り討ちにしておいて自分は死ぬつもりだったとは……。タチの悪い冗談だ。それどころかこのまま飛び降り自殺をされては最終テストをパスできないことになってしまう。

「なあ、相談があるんだが」

僕はフェンスに手を掛けながら深呼吸をして気持ちを鎮めている彼に声をかけた。

「説得しようとしても無駄ですよ。決心は変わりませんから」

「そうじゃないんだ。どうせ死ぬなら俺にやらせてくれないか。背中を押させてほしいんだ」

ワン老師には自分が突き落としたと説明すればいいのだが、僕はそういうズルができないタチだ。自分のことながら妙なところで律儀なのだ。どんな形であれ僕が殺したという事実が欲しい。

男はしばらく僕の顔をじっと見つめていたが納得したように頷くと、

「いいっすよ」

と応じた。

「本当？」

思ったよりあっけない了解に若干拍子抜けする。

「ええ。先ほどのお詫《わ》びもありますからね。僕も自分で飛び降りるより、誰かに背中を押してもらえた方が助かります」

死ぬのに「助かります」という言い回しに違和感を覚えながらも僕は安堵した。これで最終テストをパスできる。晴れてプロの殺し屋だ。

「ありがとう。恩に着るよ」

「どういたしまして。でも変わった趣味をお持ちなんですね」

「趣味というか、まあ……」

説明すると長くなるし面倒なので言葉を切った。その間に相手の気が変わっても困る。

「じゃあ、お願いします」

男は僕に背を向けて端のギリギリに立った。フェンス越しに手を伸ばせば充分に届く距離だ。ビルは十階の高さだ。ここから落下すればまず助からない……はずだ。

しかし、と思う。この男は殺し屋キラーである。それも天然だ。理不尽な守護神がついている。彼に殺意を向けた者はろくな目に遭ってない。僕自身も返り討ちに遭ってしまうかもしれない。

僕はフェンスをじっくりと検分する。強い風が吹いて、押そうとしたはずみでフェンスが外れて僕も落ちてしまうかもしれない。大丈夫。フェンスはしっかりしている。

外れることはないだろう。

「それでは押しますよ。動かないでくださいね」

僕はこれから患者に注射をする看護師のように優しい声をかけた。深呼吸で気持ちを整える。相手が相手だけに緊張してしまう。

「お願いします」

「イチ、ニのサン！」

僕は思い切って男の背中を押した。彼の体が一瞬フワリと浮いたと思うとすぐに姿が見えなくなった。

＊＊＊＊＊＊＊＊

結論からいえば僕は最終テストをパスできなかった。

なぜならターゲットを殺せなかったからだ。つまりミッション失敗である。

そして仕事はワン老師に引き継がれ、ワン老師は不合格の僕を処分するというのが通常の流れである。

しかし仕事は老師に引き継がれることなく、僕は老師に処分されることもなかった。

なぜなら……。


ターゲットを突き落として僕は凱旋《がいせん》気分でビルを降りた。外で待っている老師に最終テストの完了を報告するつもりだった。そして僕はプロの殺し屋になる……はずだった。

ビルの外に出ると人だかりができていた。空から人間が降ってきたのだ。好奇心の強い野次馬たちは瞳を輝かせながら人だかりの円の中心を眺めている。嫌な予感がした。人混みをかき分けて中に入るとそこにはターゲットが横たわっていた。

「イタタタ……」

彼は顔をゆがめながら体を起こした。死んでない。彼は生きている。周囲からどよめきが起こった。そして彼の体の下には動かなくなったワン老師が転がっていた。

「ちょ、ちょ、ちょっと、おじいさん！　大丈夫ですか⁉」

彼は老師の体を揺すりながら声をかける。しかしピクリとも動かない。屋上から降ってきた人間がもろに直撃したのだ。大丈夫なわけがない。

ていうかなんでオマエが大丈夫なんだよっ⁉

「ねえ」

僕は、真っ青な顔で老師の死体を眺めながら途方に暮れている彼に声をかけた。額を切って出血しているようだがさほど重傷ではない。彼はワン老師に命を狙われることになっていたが、またも返り討ちにしたのだ。僕の方を見て眩しそうに目を細めた。

「君は不死身《フジミ》なのか」

もはや驚きや感心を通り越して、半ば呆れ口調だった。

彼はポカンとした顔を向けた。

「なんで僕の名前を知っているんですか？」

「はあ？」

僕は首を捻ったがすぐに彼のプロフィールを思い出した。

名は体を表す。

「今、富士見《ふじみ》って僕の名前を言いましたよね」

僕は納得した。

ドS編集長のただならぬ婚活

「とりあえず君にはノウハウを一通り教えたつもりだ」

今日五十歳の誕生日を迎えたという所長の里見《さとみ》聖二《せいじ》はデスクに座ったまま、直立して向き合っている俺に言った。所長室は六畳ほどの広さだが小ぎれいに整頓されている。点《つ》いたままのテレビではお笑い芸人の女性コンビがコントをくり広げている。今、人気絶頂のミツミツエリーのコンビだ。音量が絞ってあるのでテレビのスピーカーからは小さな笑い声が聞こえてくる。

「ありがとうございます」

俺は頭を下げて礼をした。塾講師、コンビニ店長、家電量販店の店員、タクシー運転手、警備員などさまざまな職を転々としながら一年前にここシャーロック探偵社・落合《おちあい》支店に就職した。落合駅に隣接する比較的新しいデザインビルの三階に入居している。

「まあ、正直、君は続かないと思っていた。あの職歴じゃな」

大学を卒業してから頻繁に転職をくり返したので履歴書の職歴欄に全部を書き切れなかった。なので実際の半分ほどしか書いてない。そもそもそれらすべてを憶えてない。

「自分にはこの仕事が向いていたようです」

それまではどんな仕事に就いても三ヶ月ほどで嫌気が差してしまう。一番長く持った職場で半年だった。それもかなり無理をしてのことだ。

俺、財前直也《ざいぜんなおや》は三十五歳の独身、結婚歴はなし。恋人はいるにはいたが、仕事が続かない男に愛想を尽かして三年前に去って行った。自分は結婚に向かないだろうという自覚があるので、それは諦めている。

そんな俺がこの職場で一年続いている。最高記録のうえ、無遅刻無欠勤までついてくる。もはやこの仕事が好きでたまらないという解釈しか思いつかないし、実際そうであった。業務は信用・浮気調査がほとんどだが、ターゲットに気づかれぬよう彼らの秘密に迫っていくスリルはなかなかに心地よい。

そんな俺に里見は尾行、張り込み、聞き込み、内偵、盗撮盗聴、身元や行方をはじめとする各種調査など探偵にとって必要な技術のノウハウを教え込んだ。

「そろそろお前に任せてみるかと思ってる」

「本当ですか」

俺は身を乗り出した。この一年、見習いとしてずっと里見のあとについて助手を務めてきた。技術はひととおり教わったが自分の裁量で為《な》し得た経験がない。仕事が性に合っていたとはいえそろそろ見習いにも飽きてきたところだし、単独でこなせるという自信もあった。

「とりあえず最初は簡単なケースからだ。ある女性の調査依頼だ」

里見は俺の前に一枚の写真を差し出した。受け取って女の顔を眺めた。年齢は二十代後半から三十代といったところか。見下したような表情でこちらを見つめているが、なかなかの美形である。

「岩波美里《いわなみみさと》、東中野《ひがしなかの》にある文蔵社《ぶんぞうしゃ》という出版社で雑誌の編集長をやっているらしい」

「東中野ならうちからすぐ近くですね。でも聞いたことがない出版社だなあ」

ここ落合は東中野に隣接している。徒歩数分のエリアである。

「まあ、四流五流の出版社といったところだろう」

「クライアントは？」

「この男だ」

里見は今度は名刺をデスクの上に置いた。パソコンとインクジェットプリンターで作成したものだろう。そのわりにデザインがやたらと凝っている。サイケデリックに彩られた背景に目まいがしそうだ。

「本宮《もとみや》……昭《あき》……夫《お》」

文字が背景のデザインに埋没してしまって読みにくいことこの上ない。目がチカチカする。まるでだまし絵や隠し絵を見ているようだ。俺は瞬《まばた》きをくり返しながら肩書きも解読する。

どうして名刺を確認するのに一分もかかるんだよ。

た。

「個人……投資家ですか」
その隣にもう一つ、別の肩書きが添えられている。俺は意識を集中して目を凝らした。

「救……世主？」

救世主⁉

「なんですか、これは」

俺は丸くした目を里見に向けた。里見は苦笑しながら肩をすくめる。

「私もクライアントに問い質したが、『どうせ話しても信じてもらえないだろうけど』と前置きして、それから延々三時間も武勇伝を聞かされた」

それはノストラダムスやマヤの予言から人類を救ったといった内容だった。里見は上手く要約しながら説明してくれたが、思わず聞き入ってしまうほどスリルとサスペンスに満ちたストーリー展開だった。まるで優れたハリウッド映画のように微に入り細に入りよく練り込まれている。特に魔女一族が人類滅亡を企てていたなんて話の荒唐無稽ぶりが逆に面白かった。

「その本宮ってクライアント、小説家や脚本家になればいいのに。めっちゃ才能がありますよ」

「同感だ。その彼が相棒を救ってやりたいと今回の依頼を持ちかけてきた」

「相棒って陣内《じんない》トオルのことですね」

その名前は武勇伝に登場する、本宮の高校時代の一学年下の後輩だ。武勇伝の中ではあまり役に立っていないようだが。

「それにしても救ってやりたいとはどういうことなんですか」

「この岩波美里は陣内がライターをしている雑誌の編集長らしいんだが……」

悪魔的な嗜虐性《しぎやくせい》の持ち主である彼女は立場の弱い陣内を不条理且つ理不尽に虐げている。それを見かねた本宮が彼女の弱みを見つけ出して、それを武器に反撃しようと考えているらしい。実に後輩思いのクライアントだ。

「とりあえずこの案件はお前に任せた。これはいわば卒業試験のようなものだ。この仕事をパスしたら一人前と見なし正規の給料を払ってやる」

俺は背筋を伸ばした。見習い期間の給料は正規の三割カットである。助手的な仕事しかしていないのだから当然といえば当然だが、いつまでもこの収入では生活も厳しい。

「クライアントの依頼は岩波美里の弱点見つけ出すことだ。今月中には結果を報告してくれ」

まだ十一月に入ったばかり。他にも業務があるのでこれにかかり切りというわけにはいかないが時間は充分ある。

「頑張ります!」

俺は握り拳に力を入れた。

＊＊＊＊＊＊＊＊＊

文蔵社はJR東中野駅から徒歩八分ほど。寂れた酒場が並ぶ薄暗い路地裏にある四階建ての雑居ビルの二階に入っている。陰が染みついたような煤ばんだ外壁には蔦《つた》がびっしりとからみついて不気味な趣を醸し出している。ビルの出入り口には猫の死骸が転がっているが、廃墟を思わせる風景によくなじんでいるせいか違和感がない。いくつかは空き物件となっているようで「空きテナントあります」と書かれた不動産屋のプレートが窓に掲げられている。四階には「うらやま歯科」というさっぱり羨ましくない歯科医院が入居しているが、こんな陰鬱とした雑居ビルでは、ただでさえ怖いイメージがある歯医者に患者も寄りつかないだろう。現にこの裏路地に歩行者を見かけない。

二階には「文蔵社」と刻まれた色褪《いろあ》せた看板が掲げられている。ビルの広さからして従業員数人規模の零細出版社だろう。

俺はちょうど向かいに建つ雑居ビルの中に入っていった。階段を上がり二階の部屋に入る。そこは六畳ほどの小部屋で、中には小さなテーブルと椅子がひとつだけ置かれている。あちらこちらが折れ曲がったりめくれたりしているブラインドを少しだけ開けて隙間から外を眺める。真正面はちょうど文蔵社になっており部屋の中の様子を覗くことができる。椅子に座った女が孫の手を使って背中を掻きながら、向き合って立っている男性に話しかけている。彼の方は細身の長身ですこし猫背気味だ。

テーブルの上にはトランシーバーサイズの受信機が置いてある。俺は本体に接続したイヤホンを耳にはめた。ダイヤルを合わせるとノイズ音と一緒に人の声が聞こえてくる。ダイヤルを調節するとノイズが消えて声がクリアに聞こえるようになった。

「……ところで陣内くんさぁ、あなたの周りでいい男、一人くらいいないの？」

女性の声が聞こえる。冷たく威圧的な口調だ。

「またそれですかぁ」

呆れきったような男性の声。ため息まで聞こえてくる。「陣内くん」と呼ばれているから、彼がクライアントの話に出てくる陣内トオルだろう。

「で、今度はどんな男性をご所望なんですか」

「そうねぇ。ヒュー・ジャックマンとかベネディクト・カンバーバッチとか」

「い・ま・せ・ん！　そんな独身男どもは婚活女性たちによって根こそぎ回収されてますよ。ていうか、毎回好みのタイプがコロコロ変わるじゃないですか。昨日はロバート・パティンソンだったでしょうが」

俺は映画好きなので彼らの名前をすべて知っているが、全員超がつくイケメンのハリウッドスターである。イヤホンから女の派手な舌打ちが聞こえてくる。

「だって私の周りにはあなたを含めてロクでもない男しかいないじゃん。どうしてこうも男運がないのかしら」

「悪かったですね。どうせ僕なんて最底辺の貧乏ライターですよ」

陣内は投げやりな口調だ。しかし二人はこのやりとりを一日に何度もくり返している。まるで台本が用意されているように内容もほぼ同じだ。何度も聞いていると舞台のリハーサルかなにかに思えてしまう。

「ホントに不思議。あなたってその収入でどうやって生きてるの？　ていうか搾取されて食いものにされて踏みにじられるだけの人生で、楽しいことなんてわずかでもあるの」

女の冷たい鼻笑いが聞こえてくる。

「ああ、搾取したり食いものにしていることを自覚してるんですね」

「しょうがないじゃない。そういうヒエラルキーになっているんだもん。この世はユートピアじゃないんだから、平等なんて存在しないのよ。それがあなたが送ってきた人生の結果なんだから、恨むのなら自分自身の遺伝子を恨みなさいよ。そもそもなんで生まれてきたのよ」

「ひ、ひどい……」

陣内の涙ぐんだ声がする。

「つべこべ言わないでさっさと男を紹介しなさいよ。たまには役に立ったらどうなのよ」

「役立たずみたいに言わないでくださいよ。最近だっていくつかスクープ取ってきたじゃないですか！」

「それが全然売り上げに反映してないじゃないのよ！　死神の記事はボツるわ、マヤの予言はコケるわ。プロならちゃんと結果を出しなさいよね」

女は孫の手を陣内の胸にグリグリと押しつける。

「それって僕のせいですか……」

陣内が口ごもる。彼はちゃんと記事を仕上げたのだから悪いのは編集長である岩波だと言いたいのだろう。

里見から案件を任されてすぐに俺はこの部屋をレンタルした。ここも文蔵社が入っているような古い雑居ビルで空き部屋が目立つ。また管理会社の社長が里見の知り合いなのでそのツテで二週間だけ格安で借りることができた。

それからすぐに文蔵社に人がいないのを見計らって部屋に侵入した。扉の鍵は里見から教え込まれたピッキングで簡単に開けることができた。部屋に忍び込み岩波のデスクに盗聴器を仕込んだのだ。素人ではまず見つけられない。プロの探偵が使う盗聴器なので感度が良い。それからここ三日は岩波の会話をチェックしているというわけだ。先ほどからの女性の声は岩波である。声質から体温をまるで感じさせない冷酷さが伝わってくる。

盗聴だけで彼女の人となりを把握することができた。

岩波美里は一言で表せば人でなしだ。人を人と思ってない。「三億円事件の犯人からインタビューを取ってこい」だの「一週間以内にツチノコをカメラに収めてこい」だの、耳を疑ってしまうような理不尽で無理難題のミッションを立場の弱いライターたちにくり出しては、結果が出せないと容赦なく徹底的に完膚なきまでに虐げる。

この三日間で三人のライターが彼女に切り捨てられたやりとりを聞いている。彼らはいずれも文蔵社での仕事を失ったら、明日からの生活に困るような貧乏ライターである。涙ながらに土下座をしてすがってきたライターですら飽きた玩具《おもちゃ》を捨てるような口調で突き放す。そのうちの一人は夜の歩道橋から飛び降りようとしていたので俺がなんとか食い止めた。

この女、いつか背中を刺されるんじゃないかと思う。いや、一度はそういう目に遭っておいた方が世の中のためでもある。そういう意味で彼女の弱みを握るという仕事は実に有意義だ。

「そんなことよりミツミツエリーの取材はどうなってんのよ」

岩波は椅子から立ち上がった。立体的に突き出た胸を抱えるようにして腕を組んでいる。このバストを大画面３Ｄ映像で見たらさぞや迫力があるだろう。

白のブラウスに黒のスカートとファッションはシンプルだが、それだけに抜群のスタイルが際立っている。俺は双眼鏡で彼女の横顔を覗き込む。滑らかな白い肌の輪郭が絶妙な曲線で目鼻立ちを描いている。肩にかかる黒い髪は深い闇を思わせる漆黒だ。その美しさがまた彼女の凶悪で邪悪な性格にマッチしているように思える。美人は、心優しいより性格が屈折してるくらいの方が魅力的に感じたりするが、彼女の場合行きすぎだろう。

彼らの会話の盗聴を始めてから三日、陣内の取材についていくらか聞いている。

ミツミツエリーとはテレビで大人気の女性お笑いコンビだ。今年の初めにデビューしたばかりなのに数ヶ月で一気にトップレベルまで駆け上がった。テレビをつければ彼女たち二人が映っているし、書店やコンビニに行けば雑誌の表紙を飾っていたりする。コンビの姿を見ない日はないと言っていいほどの露出ぶりである。華奢で美形のエリーに対して、覆面で顔を隠した巨体デブのミツミツという容姿のギャップも面白い。ミツミツは覆面を外さず本名も明かしてないのでその素顔は謎に包まれている。ゴシップ誌のカメラマンたちが覆面を外した姿をファインダーに収めようと張り込みを続けているという話を聞くがいまだ実現に至ってないようだ。

「事務所のガードが堅くてとても近づけません。コンビは以前のアパートを引っ越してセキュリティの高いマンションに住んでいるので接触が難しいです」

「ふん、泣き言なんて聞きたくないわね。ライター人生を続けていきたければ、とにかくプロとして一週間以内に結果を出すことよ。ひとつはミツミツの正体を暴き出すこと、そしてもうひとつはロバート・ダウニー・ジュニア似の男を見つけてくること」

ロバート・ダウニー・ジュニアは映画『アイアンマン』シリーズの主演俳優だ。もちろんイケメンである。

「どさくさ紛れにとんでもないことを言いますね。ロバートはともかくミツミツがシリアルキラーだなんて無理がありますよ」

ブラインド越しに眺める彼は岩波に向かって肩をすくめている。

「その無理を通すのが『アーバン・レジェンド』の醍醐味でしょうが。もうね、ホントに売り上げがやばいのよ。ミツミツが殺戮《さつりく》ガールでいてくれなくちゃ困るのよ！」

岩波は手に取った雑誌の表紙でデスクをバンバンと叩く。『アーバン・レジェンド』

は彼女が編集長を務める都市伝説をモチーフにしたオカルト雑誌だ。文蔵社の売り上げのほとんどをこの雑誌がまかなっているという。あれから文蔵社のことを調べてみたが、想像を絶するようなマニアックなネタを扱う雑誌出版社だ。あまりにもマニアックすぎて読者層すら想定できない。出しては三号で廃刊させていくことから業界ではカストリ雑誌出版社と揶揄《やゆ》されている。最近では『錬金術ジャーナル』『週刊金魚すくい』が廃刊となった。

「殺戮ガールってどっから持ってきたネーミングですか」

「私が名付け親よ。インパクトあると思わない？」

「ミツミツエリーの事務所に訴えられますよ」

巷《ちまた》ではミツミツエリーのミツミツが替え玉ではないかという噂が一部にあるらしい。あれは六月中旬のころだから、今から五ヶ月ほど前のことである。コンビのライブ中に観客の一人が突然ステージに乱入してミツミツに発砲した。芸能事務所の発表によると銃弾は急所を外れて、ミツミツは軽症とのことだった。たしかに彼女は次の日もライブハウスのステージに立っている。しかしそのミツミツが替え玉で実際は射殺されたのではないかというわけである。

彼女を撃った男性は、ミツミツは多くの人間の命を奪ってきたシリアルキラーで自分の弟や甥《おい》っ子も彼女によって殺されたと主張しているらしい。もちろん発砲の動機は復讐である。

さらに陣内曰く、実はミツミツの替え玉説はさらに以前にもあったという。つまり男性の撃ち殺したミツミツはシリアルキラーの替え玉で、本物の彼女はどこかに姿を消してしまったという噂がまことしやかに流れているというわけである。

「殺戮ガールは絶対にミツミツだったのよ。今ごろどこかで息を潜めて殺戮のチャンスを狙っているに違いないわ」

「それはどうですかねぇ……。ただ、いろいろ調べたところ今のミツミツが替え玉なのはどうやら本当みたいです。芸能関係者たちからの話を総合するとですね、ある日突然ミツミツが失踪してしまった、人気絶頂のコンビだから仕事に穴を開けるわけにはいかない。彼女は失踪する際に相方のエリーにネタ帳を残している。そこで替え玉を用意してライブを決行した。しかしその替え玉が突然乱入してきた男に撃ち殺されてしまった。そこでまたもう一人別の替え玉が今のミツミツを演じている、そういう話です」

「だからその失踪したミツミツが殺戮ガールなんだってば。正体がばれそうになったから逃亡を図ったのよ」

「これもあくまでも都市伝説ですけどね。二〇〇〇年に起こった女子高生遠足バス失踪事件って覚えてます?」

それは俺もよく覚えている。あれはとても奇怪な事件だった。ある女子高の生徒と教師たちを乗せた大型バスが神奈川県の山中で失踪してしまったのだ。彼らは遠足中だった。あれだけ大きなバスが魔法にかけられたように姿を消してしまったので当時はワイドショーを騒がす大事件となった。警察が多くの人員を投入して血眼になって捜索したが手がかりすら見つからなかった。あまりに不可解な失踪に「ＵＦＯの仕業」や「某国による拉致」などさまざまな憶測が流れ、平成最大のミステリーと言われた。

「あのバスは最終的には出てきたわよね」

「ええ。事件からちょうど十年後のことです。失踪した山の土中から掘り起こされました」

陣内の言う通り、バスは山中に埋められていた。産廃処理場の拡張工事でたまたま掘り起こされたのだ。失踪当時、警察もまさかあれほど大きなバスが埋められているとは考えもしなかった。何者かが重機を使って穴を掘って埋めたのだ。

バスの中からは女子高生たちと思われる大量の白骨死体が見つかっている。しかし骨を一つ一つ組み合わせてみると一体分足りないことが分かった。歯の治療痕などから教師とバス運転手は特定できているので足りない一体は生徒のものである。しかし手がかりが少ないために生徒たち全員を特定するに至らなかった。つまり消えた足りない一体も誰なのか分からず終いである。もちろん穴を掘った人物も謎のままだ。

「平成を代表する未解決事件だわ。その足りない一体が高校生だった殺戮ガールというわけね。彼女が首謀者だった」

「ええ。あくまでそういう噂です。彼女は殺戮をくり広げながら大人になってお笑いの頂点に上りつめたというわけです」

「面白いじゃない。さっさと彼女にインタビューを取ってきなさいよ」

「……」

陣内が口ごもる。しかし出版カースト最底辺のライターたちに拒否権はない。彼らの生殺与奪は岩波が握っているのだ。どんな理不尽な要求でも結果を出せなければ彼らに明日はないのである。俺もさまざまな仕事を経験してきたが、ここまで理不尽に虐げられたことはない。それでもライターのなり手があとを絶たないというのだから、世の中不可解である。

＊＊＊＊＊＊＊＊

仕事を終えた岩波が文蔵社の入っている雑居ビルの玄関から出てきた。地面に転がっている猫の死骸を踏みつけても気にも留めない。そもそもあの猫は彼女に踏み殺されてあそこに落ちているのかもしれない。そう思うと不憫《ふびん》になって俺は心の中で手を合わせた。彼女のあとを追って山手通りに出る。腕時計を見ると八時を指している。

彼女は自宅マンションのある中野坂上《なかのさかうえ》方面に向かって歩いて行った。

途中、カフェの前で立ち止まって店の前を眺めていた。そこには通行人に向けた小さなマガジンラックが置いてあり、彼女は中からピンクの表紙の小冊子を取って再び歩道を歩き出した。俺は足早に近づいてマガジンラックをチェックする。

中にはピンク色の小冊子が束になって収まっていた。一冊を取り出してみると『チェス』というタイトルのフリーペーパーだった。タイトルの上に小さく「婚活情報誌」と打たれている。ページを開くと都内で開催されるお見合いパーティーや街コンなどの情報が満載されていた。また結婚相談所や結婚情報サービスなどの派手な広告が目を引く。

岩波はフリーペーパーを読みながら歩いていた。大通りから路地に入って間もなく、瀟洒《しょうしゃ》な佇まいのイタリアンレストランに入っていく。俺は歩みを速めて「インコントロ」と店名のロゴがはいった入り口から店内を覗いた。岩波は一番奥の四人掛けの席に一人で座っているスーツ姿の女性に手を振りながら近づいていく。

年齢は二十代後半から三十くらいだろうか、岩波よりもわずかに若く見える。こちらもなかなか美形の女性だ。店内はテーブルも椅子もカウンターもパイン材を基調としたナチュラル志向の内装である。客席は半分以上埋まっていて客の多くは女性だった。俺は居心地の悪さを感じつつも店の中に入り、彼女たちのテーブルに近づいた。店のホームページに使うつもりなのだろうか、お店のスタッフが店内の様子をデジカメで撮影している。俺はファインダーに入らないよう頭を下げて通路を進んだ。

うまい具合に隣のテーブルが空《あ》いていたのでそちらに着席する。岩波ともう一人の女性は俺のことを気に留めてないようだ。岩波も自分が監視されているとは夢にも思ってないだろう。調査を始めて以来、彼女に気づかれた様子はない。

店員がメニューを持ってきたのでコーヒーを注文した。彼女たちはパスタセットを頼んでいた。

「本当に久しぶりね、和美《かずみ》ちゃん。五年ぶりくらい？　すっかりきれいになっちゃって」

テーブルの上には岩波が先ほど持ち出した『チェス』が置いてある。

「そんなことないよぉ。美里ちゃんは昔からずっと美人だったよね。私も美里ちゃんみたいになりたいと思ってたもの」

この位置からなら二人の会話がはっきりと聞こえる。和美という女性も岩波と同じように色白で黒髪だ。そういえばどことなく顔立ちが似ているような気がする。特に冷たい感じのする瞳とブラウスを突き破りそうな立体感のあるバストは同じだ。

「おじさまとおばさまは元気？」

岩波は水を口に含みながら尋ねた。

「うん。元気も元気よ。二人とも美里ちゃんのことを気に掛けていたわ。一人ぼっちでは心配だって」

この会話から二人は親戚であることが推測される。岩波の両親は彼女が大学を卒業して間もなく亡くなっている。今は中野坂上のマンションに一人暮らしだ。陣内に男をせがんでいるだけあってその気配はない。彼女の基本的なプロフィールは調査済みである。

「私は元気で楽しくやってるって伝えてちょうだい。それより和美ちゃんも仕事は大変じゃないの」

「大変だけど毎日が充実しているわ。新聞記者になるのは高校生のときからの夢だったんだもん。はい、これが私の名刺」

和美は岩波に名刺を差し出した。俺は目の動きだけで一瞬で読み取る。この一年、この手の訓練をみっちりとこなしただけあってその成果は上々だ。

〈毎朝《まいあさ》新聞社　藤森《ふじもり》和美〉

毎朝といえば日本を代表する大新聞である。

「その『チェス』もうちの子会社が発行しているのよ」

和美はテーブルの上のフリーペーパーを指さして少し誇らしげに言った。俺もそれとなく確認してみる。発行元に「毎朝カルチャー企画」とある。『毎朝美術』や『毎朝芸能』など書店に行けば毎朝ブランドの雑誌が並んでいる。

「毎朝新聞だなんて大したものよね。和美ちゃんは昔から学業も優秀だったものね」

「そんなことないよ。高校時代は新聞部の部長をやってたけど。部員は二人しかいなかったんだけどね」

と和美が苦笑する。

「たった二人で学校新聞を作っていたの。それはすごいわね」

岩波が感心を交える。

「大変だったよ。部員がどんどん辞めちゃってね。どいつもこいつもジャーナリズムを舐めきってたヤツばかりだったわ」

和美が吐き捨てるように言った。

「じゃあ、あなたともう一人の部員のジャーナリズムは本物ってことよね」

「とんでもない！　そいつは大嘘つきの妄想バカよ。彼は私の一級下だったんだけど、私が三年生で部長をやっていたとき、ある特集を組んで彼に担当させたら突拍子もない記事を書いてきたの。もう時間がなかったから掲載しちゃったけど、あれは私の新聞人生の中でも黒歴史よ。顧問にも大笑いされちゃった」

和美は小鼻を膨らませた。

「それってどんな記事なの」

「『順風《じゅんぷう》高校オカルト倶楽部《くらぶ》』というコラムだったんだけど。美里ちゃんの『アーバン・レジェンド』の学園版みたいな感じよ。ちょうど一九九九年だったからノストラダムスの大予言特集を企画したの」

「へえ、学校新聞でそれは面白そうね」

岩波が口をすぼめる。

「人類を滅亡の危機から救う救世主が、うちの学校の生徒だったという内容だったわ。ところがそいつの書いてくる記事が笑っちゃうくらいにメチャクチャなの。ぶっ飛びすぎにもほどがあるわ」

和美はその内容を説明した。アメリカ政府の開発したテレビゲームが全世界のゲームセンターに設置されて、それをオールクリアした者が最新鋭戦闘機を操縦して、人類を滅亡に追いやる究極殺戮兵器を破壊したという話である。世界的な財閥のフェアチャイルド家が人類滅亡を目論む首謀者だったり、当時のビル・クリントン大統領が出てきたり、そもそもその救世主が和美の同級生だというのだから、たしかに荒唐無稽にもほどがある。ありすぎる。

「ね、ねえ、もしかしてその救世主って背がこれくらい小さくて、そのくせ頭がこれくらい大きい人？　名前は……ええっと、ミヤモトさんって言ったっけ」

岩波が目を白黒させながら、身振り手振りで体つきをかたどろうとする。なんとも体型のさえない救世主だ。

「モトミヤくん……だけど」

モトミヤ？　今回のクライアントと同じ名字だ。

「そうそう、本宮さん！　ということはその記事を書いたの、陣内っていう人じゃない？」

「ええっ!?　どうして知ってるの」

和美が目を丸くした。陣内は岩波にいつもいたぶられているあの男だ。そういえばクライアントの名刺の肩書きにも救世主とあった。

「その話を救世主本人から聞いたことがあるし、そもそも陣内くんはうちで使っているライターよ」

「マジっ!?」

「今でもぶっ飛んだ記事を書いてくるわよ。この前はマヤの予言から人類を救っていたわ。その記事の号は大コケしちゃったけど」

「うわぁ、よくそんなんでライターなんて務まるわねえ」

「あれはあれで打たれ強いからね。使い勝手がよくて便利だからなにかと重宝させてもらってるわ」

「捨て駒キャラぶりは学生のころから変わってないなあ。彼の人生そのものが傀儡《かいらい》ね」

「持ってない感が半端ないからね。なんにしてもカーストの底辺にはなりたくないものだわ」

二人とも人でなしなことをしれっと言いつつ「フェッフェッフェッフェ」と不気味に笑い声を立てる。聞いていて胸くそ悪くなった。

そうこうするうちに料理が運ばれてきた。彼女たちはパスタに舌鼓を打ちながら近況報告を続けている。

「美里ちゃんは結婚を考えてないの」

「そりゃ考えてるわよ。和美ちゃん、あなたの周りでいい男いない？」

またかよ。俺は口に含んだコーヒーを吹きそうになった。

「いるにはいるけど、そういう男って大抵他の女に押さえられちゃってるわよ。もっとも、私の場合仕事が忙しすぎて男どころじゃないわ」

「そうなんだ……。私は結婚したい。子供のことを考えるとそろそろ決めておかないとね」

人でなしのくせに一人前に結婚や幸福に対する願望があるらしい。

う。


「子供好きなの？」

「うん、子供は大好きよ」

　一昨日は公園で遊ぶ幼児のおでこにいきなりデコピンして泣かせていた。しかしその表情は妙に愛《いと》おしげだったので、あれも彼女なりの愛情表現なのかもしれない。母親に見つかっていたら警察に突き出されるところだ。ただ、子供好きなのは本当だろう。

「仕事はどうするの」

「別に辞めてもいいよ。今の仕事に執着しているわけじゃないし。おうちでご飯作って愛する夫の帰りを待つって素敵なことじゃない？」

　これは意外だ。ここ数日の調査からこういうタイプの女性とは思わなかった。上昇志向の高いキャリアウーマンという印象だったが専業主婦志望らしい。そもそも他人を愛するという感情を持ち合わせているのか。彼女はため息をつくとさらに続けた。

「ていうか今の職場を辞めようかと思ってる。最近はなにやってもうまくいかないし、あそこもそろそろ潮時かなって。会社も相当危ないみたいだから潰れる前に退職金もらっておかないとね。まあ、両親も兄弟もいないし身軽なものよ」

「ああ、だからそのフリーペーパーなんだ」

　和美は『チェス』を指さした。それは婚活情報誌である。

「こんな私でも絶賛婚活中よ。ああ、男がほしいっ！」

「かなり本気ね」

岩波はページをパラパラとめくってみる。

「へえ、こうやってみると都内ではいろんなお見合いパーティーが開かれているみたいね」

和美が興味津々といった様子でページを覗き込んでいる。

「美里ちゃん、この高額所得者限定なんていいんじゃないの。結婚するなら相手の経済力は外せないよ」

「こんなの当てにならないよ。この手のパーティーのほとんどは男性側の自己申告だもん。収入証明書を出させるところもあるけど、去年がそうでも今年以降は分からないでしょ。それに男の価値は年収だけじゃないと思うわ」

さんざんハリウッドスタークラスのイケメンにこだわっていたくせにしおらしいことを言っている。

「じゃあ美里ちゃんは年収度外視なの」

「さすがにそこまでは言わないわ。おのずと最低ラインはあるわよ。でも多くは求めない」

「美里ちゃんなら三千万とか言い出しそう」

和美が意地悪そうな笑みを向ける。

「まさか。私はそんな身の程知らずではないわ。その半分もあれば充分よ」

岩波は涼しい顔で応える。俺はずっこけそうになった。和美も和美で「そうよねえ」とさも当然の様子だ。血は争えない。

「これなんかどう？」

突然、和美が記事のひとつを示した。俺も何気ないふりをしながらそのページを確認する。そこには「年収高め・両親なし限定パーティー」とある。

「いくら高額所得者でもジジババ付きは大変よ。つき合いも大変だし、いずれは介護しなくちゃいけないでしょう。他人の両親の面倒なんてまっぴらゴメンよ。ジジババなしはポイント高いわね」

記事には男女とも「両親なし」が条件になっている。それだけに年齢も他のパーティーに比べて若干高めだ。しかし和美の言う通り女性にとって相手の両親は大きなストレスになる。場合によっては離婚の原因にだってなり得るのだ。

「女性側もジジババなしというところがフェアね」

「家族のない人たちの集まりになるだろうから共感度も高いんじゃないの。美里ちゃんは美人だからきっとモテモテだよ」

「モテモテなのはそうなんだけど、この手のパーティーにはロクな男がいないのよねえ」

岩波の話からしても彼女はそれなりの場数を踏んでいると思われる。

「美里ちゃんはどんな人がタイプなの？」

「なんにしても規格外な人に惹かれるわね。英雄とか覇者とか賢者とか勇者とか帝王とか」

「なにそれ。ロールプレイングゲームに出てくるキャラみたい」

と和美がカラカラと笑うが岩波は真顔である。いい年してファンタジックな好みを大真面目に口走る女性がいることに驚きだ。

「だったら美里ちゃん、救世主なんていいじゃない。本宮くんとつき合っちゃいなよ。彼ってどうせ独身なんでしょ」

同級生だけに本宮のことをよく分かっているようだ。

「それがねえ……。何度も電話を入れているんだけど連絡がつかないのよ。なんか避けられてる感じ」

避けられているどころか攻撃対象にされているよと彼女に教えてやりたくなる。そう思うとわずかながら彼女のことが気の毒になってきた。

「まあ、学生のころから変わり者だったからね。それはそうとこのパーティーに申し込んでみたらどう？　ジジババなしの王子様が待っているかもしれないわよ」

和美がフリーペーパーをヒラヒラさせながら煽り立てる。

「そうねぇ……。たしかにジジババ付きは大変そうだから参加してみようかな」

そう言って岩波はフリーペーパーに挟まれている応募葉書に記入を始めた。切手不要でそのままポストに投函《とうかん》できる。俺はすかさず内容を確認する。日時は来週の土曜日の午後一時から都内のホテルで。会費は男性六千円、女性三千円。奇しくも俺も応募資格をパスしていた。五年前に父親、三年前に母親をそれぞれ癌《がん》で亡くしている。兄弟もいないし結婚もしてないので家族はない。実は岩波とほぼ同じ境遇なのである。親近感はまるでゼロだが。

俺はペンを取り出すと応募葉書に記入した。

＊＊＊＊＊＊＊＊＊

新宿高層ビル街に立つと空の大半が見えなくなる。密集して屹立《きつりつ》した高層ビルの威容に圧迫感をおぼえつつ俺はそのうちの一つに入っていった。ゆったりとした広さの玄関ホールの壁には案内板が設置されている。

「ハッピーパートナー社主催　プレミアムパーティー　三階Ｂホール」

彼は館内マップでＢホールの位置を確認するとエレベーターに乗って三階に向かった。エレベーターホールから伸びる廊下の突き当たりがＢホールである。入り口にはデスクが置かれて受付スタッフの女性が腰掛けている。四十代と思われる、見た目ふくよかだが落ち着いた感じのする女性だ。目が合うと彼女はにこやかに会釈をした。腕時計を見ると午後一時の十五分前を指している。

「松山友信《まつやまとものぶ》様ですね」

俺が名乗ると彼女は参加者リストにチェックした。今回はいくつか用意してある偽名を使って申し込んでいる。いざというときのために運転免許証などの身分証明もある。

女性はリストの中にその名前を見つけると安全ピンのついたネームプレートを差し出した。そこには「松山友信」がふりがなつきで印字されていた。

「それを胸につけてください」

女性に言われる通り、俺はその場で胸に留めた。

「なんだか緊張するな」

参加料の六千円を支払う。この金は経費としてあとで所長に請求できる。もちろんこのパーティーに参加することは申告済みだ。

「こういうパーティーは初めてなんですか」

「ええ。だからシステムをよく知らなくて」

実際それは本当のことだった。俺はこの年齢になるまで婚活ということをしたことがない。そもそも結婚なんて諦めているし、願望も持ち合わせていない。恋人ならいてもいいと思うが、それが結婚を前提としたものだとすると鬱陶しく思える。

「難しいことはありません。女性とお酒や料理を楽しみながらお話をするだけです」

「何人くらい集まる予定なんですか」

「参加申し込みがあったのは男女それぞれ十五人ほどですね。もちろん全員出席されるとは限りませんが。もうすでに何人かの方たちはお部屋の中でお待ちになっておりますよ。ここだけの話、今回はきれいな女性が多いです」

女性は俺に顔を近づけると声を潜めて言った。

「うまく話ができるかな」

「この手のパーティーは第一印象が命と言っても過言ではありません。十五人もいると一人当たりの会話時間はそれほど長くありません。ですからどうしてもそうなってしまうんです」

「そうですか……」

深呼吸をする。婚活が目的ではないのに妙に緊張してしまう。思えば他人になりすます仕事は初めてだ。

「大丈夫ですよ、松山さんなら」

女性は励ますように言った。

「そうですか？」

「ええ。なかなかのイケメンさんですから。自信持ってください」

彼女は小さくガッツポーズを送ってきた。俺は同じポーズをお返しすると扉を開いて中に入った。

会場はすこし大きめの会議室といった様子だ。部屋の真ん中に会議用の長テーブルがいくつかくっつけた状態で並べられて、その上にサンドウィッチやスナックといった軽食や飲み物が載っている。フォークやスプーンはプラスティック、皿やコップは紙製だった。想像していたパーティーと比べると随分とチープだ。フリーペーパーへの広告掲載費と二時間程度の会場のレンタル料、料理代、そしてスタッフの人件費。これらを差し引いても会社はそれなりの利益を得ることができるだろう。

「ボロい商売だな」

俺は小声で毒づきながら壁際の椅子に腰掛けた。部屋の中には男女十人ほどがそれぞれ緊張した面持ちで椅子に座っている。単独参加なのか互いに会話をしている様子がない。なので会場には図書館のような静謐《せいひつ》が広がっていた。時々誰かの咳払いが聞こえてくる程度である。男は四十代から五十代といったところか。見た目からして男性は全員、三十五歳の俺より年長のようだ。女性は二十代後半から三十代と思われる者が四名ほど、あとは四十代以上だろう。予測はしていたが、両親がいないという条件だけに平均年齢は高い。そして受付の女性スタッフが言っていた通り、女性は年齢に拘わらず美形が揃っている。このクオリティなら退屈せずに済みそうだ。

おっと、いけない……。

俺は仕事で来たことを思い出して気持ちを引き締めると、顔を上げて料理の載っているテーブルを挟んで真向かいに着席している女性を見た。彼女はレベルの高い女性陣の中でも飛び抜けての美形である。男性陣の視線もそれとなく彼女に向いている。今回のターゲットである岩波美里だ。このパーティーに潜入したのも、もちろん彼女に接触するためだ。

それから数人の男女が入ってきて午後一時となった。

「それでは皆さん、会場の中央にお集まりください」

マイクを持った女性が一同に声をかける。先ほどの受付の女性だ。参加者たちは警戒と緊張を貼り付けたような顔で集まってくる。特に指示もないのに男女二列に分かれている。

「ただいまより、ハッピーパートナー主催のプレミアムパーティーを開催します。私は本日の司会を務めさせていただく本城綾美《ほんじょうあやみ》と申します。よろしくお願いします」

　本城がお辞儀をするとパラパラと気のない拍手が舞った。容姿的にさえない男性が多いせいか女性陣はやる気がなさそうだ。この中ならたしかに俺が一番整っているといえる。それでも世間では中を少し上回った程度だ。そう自覚している。

「それでは皆さん、トークタイムに入ります。今日の参加者は男女とも十三人です。これから一人三分ずつでお話をしていただきます。三分経ったら笛を吹きますので会話の途中でも一旦中断していただき、他の人に移ってください。三分しか時間がありません。特に気に入った人がいたらしっかりと自分のことをアピールしてくださいね。それではスタートです」

　本城が笛を吹くと会場は一斉に動き出した。俺は中央のテーブルまで飲み物を取りに行った。紙コップの中にペットボトルのウーロン茶を注ぐ。岩波もまずは飲み物の確保を始めていた。

「はじめまして」

　背後から女性の声がしたので振り返ると黒髪の女性が立っていた。年齢は二十代後半から三十だろう。細身で目と口が小さく地味な印象ではあるが、目鼻立ちは整っている方である。長い黒髪を後ろで束ねて、純白肌の岩波とは対照的に小麦色にやけている。パステルピンクのフェミニンなワンピースが肌の色に合ってないように思える。

ネームプレートには「天王寺智世《てんのうじともよ》」と印字されていた。

「ああ、こちらこそ初めまして」

ちらりと岩波を見ると彼女にはすでに他の男性が話しかけていた。とりあえずタイミングを見て近づくことにしよう。俺はもう一つのコップにウーロン茶を注ぐと天王寺に渡した。

あれ？　どこかで見た顔だな……。

「どうしました？　私の顔になにかついてます」

カノジョはコップを受け取ると小首を傾げながら言った。

「い、いや。ちょっと知っている人に似てるかなと」

「似てるんですか」

「いやあ、よく見てみるとそうでもないかも」

俺は頭を掻きながら笑ってごまかした。この一年の訓練で見たものを、無意識のうちに記憶の片隅に留めておく術《すべ》が身についたようだが、それを引き出せないようではまだまだ探偵として未熟だろう。記憶が曖昧すぎて、本当に彼女だったのかどうかも自信が持てない。

「松山さんはお仕事なにをされている方なんですか」

彼女が尋ねてきた。

「企業の経営状況や信用を調査するいわゆるリサーチ会社です」

物は言い様だ。嘘はついてない。ほとんど個人だがたまに企業を調べることもある。

「へえ、難しそうなお仕事ですね」

「そんなことないですよ。やり方さえ覚えれば誰でもできます」

天王寺はほんのりと微笑んでいるが表情にそれほど変化が窺えない。感情が掴みづらい顔立ちだ。

「天王寺さん……はなにをされている方なのですか」

「ただのフリーターですよ。今は早稲田《わせだ》にある飲食店で働いてます」

「飲食店？」

「ええ、ちょっと恥ずかしいですからそれ以上は聞かないでください」

昼時は忙しいというから飲食店といってもいわゆる水商売ではないらしい。

「では話題を変えましょう。趣味とかお聞きしていいですか」

どこで見かけたか気になったが、とりあえず当たり障りのない質問をしておく。潜入した以上、その場に溶け込むのはプロの仕事である。もちろん視界には常にターゲットである岩波を留めておく。

「お笑いですね。芸人さんたちのステージとかよく観に行くんですよ」

「僕はあまり芸人には詳しくないですけど……ああ、ミツミツエリーだったら知ってます」

その名前は岩波と陣内の会話でも聞いていたが、俺自身も知っている。毎日のようにメディアに露出しているので仙人のような生活を送ってない限り、コンビを知らないということはないだろう。

「私も大ファンですよ。めっちゃ応援してます。ファンクラブに入ってますよ」

彼女はコンビに対する思いを熱く語り出した。しかしその口調とは裏腹にさほど表情が変わらない。喜怒哀楽が顔に出ないタイプなのだろう。その彼女をどこかで目にしている。それを思い出せないもどかしさに胸を掻きむしりたくなる。

突然、笛が鳴った。一同の視線が司会者である本城に集まる。彼女はホイッスルを口から離した。

「三分経ちました。お話しする相手を変えてください。一度お話しした人はダメですからね」

立ち止まっていた参加者たちが再び動き出した。天王寺はお辞儀をするとその場から離れていった。三分では大した話ができない。相手に自分自身をアピールするのは案外難しい。

俺はすぐ隣の女性に声をかけられた。岩波への予行練習のつもりで会話を始めるがあっという間に時間が来てしまった。

三人四人と相手が変わって徐々にペースが摑めてくる。十人目になるとユーモアを交えたりして相手の笑いを引き出せるようになった。

そして十一人目。俺は、ついにターゲットに声をかけた。

「初めまして。今日はお一人で参加ですか」

岩波は冷えた視線を俺に向けたがそれもすぐに和らいだ。

「あら、今日一番のイケメンさんね。今回はレベルが低すぎてちょっとうんざりしてたところよ」

「イケメンなんて言われたのは初めてですよ」

たしかに今回の男性陣のルックスは全体的にさえないと思うが、それを初対面の男性に開口一番とはさすがである。

「お仕事はなにをされているの？」

「リサーチ会社です」

何度もくり返される質問に同じ答えを返す。

「岩波さんは？」

「あなたリサーチ会社なんでしょ。当ててみなさいよ」

いつもそうしてるように岩波は突き出た胸の前で腕を組むと挑戦的に言った。そんなところも相変わらずだ。

俺は彼女の顔をじっと見つめて「うーん」と唸《うな》ってみせた。

「指のペンだこ、さらにトートバッグから覗く原稿とあなたの雰囲気にはそぐわない雑誌」

彼女のバッグを指さした。そこには『アーバン・レジェンド』と赤ペンの入った原稿がそれぞれ丸めた状態でさし込まれている。

「付箋だらけのところを見るとあなたがその雑誌の編集者なのでしょう。全体的に貼り付けてあるからあなたはそれを統轄する立場、つまり編集長かな」

答えは分かり切っているが適当な推理を展開してみせた。

「へぇ、なかなかやるじゃない」

「当てたんだからご褒美がほしいな。食事でもつき合ってくださいよ」

「ふん、しょうがないわね」

岩波は小さく肩をすくめる。しかし迷惑そうにも見えない。この中で一番のイケメンだけに脈ありといったところか。

「いい店があったら紹介してください。女性と行けるようなオシャレな店を知らないので」

「この前、親戚の子と行ったんだけどイタリアンのお店がよかったわ。パスタがとても美味《おい》しいの」

彼女はスマートフォンを取り出すと店のページを開いてみせた。

「これって最新機種ですね。僕もほしかったんだ」

買おうと思っていたが人気機種のため品切れだった。

「会社から支給されているやつよ。だから料金も会社持ち」

「羨ましいなあ」

俺は画面を覗き込む。スマホとしては大きめのサイズで高解像なのでとても見やすい。

果たしてそれは先日、入った店だった。「インコントロ」と洒脱《しゃだつ》なロゴの入ったサイトのトップページには店の風景写真がアップされている。

「これって岩波さんじゃないですか」

俺はその写真を彼女に見せた。写真の隅の方に岩波の姿が見える。店に入ったとき、店員がデジカメで撮影をしていたことを思い出した。あの日の写真が使われたのだ。

「あら、いやだ。気づかなかったわ。和美ちゃんまで写っちゃってる」

彼女は苦笑しながら写真を眺めた。隣に着席している俺は後ろ姿なので顔が分からない。心の中で胸を撫で下ろす。顔が写っていたら尾行していたことがバレてしまうかもしれない。そうなっては探偵失格もいいところだ。

そして引っかかっていた記憶が鮮明な映像としてその写真に映し出されていた。

岩波のすぐ近くのテーブルに座る女性の一人客。彼女の視線は岩波に向いている。じっと観察する目つきだった。

この女……そうだ、間違いない。

天王寺智世だ。

俺はこの店で彼女を見たのだ。彼女は俺が着席した直後に店に入ってきた。その光景が記憶の片隅に引っかかっていた。

その女がここにいる。偶然だろうか……。

しばらく岩波が自分のことを一方的に話していたが、天王寺のことが気になってしまい笑顔で相づちを打つだけだった。岩波は写真に写っている天王寺に気づいてない様子だ。

「じゃあ、約束通り夕食つき合ってあげるからこちらに連絡して」

彼女はひととおり話し終えると俺に名刺を差し出した。社名と携帯電話の番号が記載されている。とりあえずこれで彼女に近づけそうだ。今日の目的はこれで達成できた。

やがて三分の制限時間を告げる笛が鳴った。

パーティーが終わって岩波を探すと彼女は廊下で天王寺智世と立ち話をしていた。

「お二人は知り合いなんですか」

すかさず近づいて声をかけると二人は顔を向けた。

「いいえ、今日が初対面よ。天王寺さんは『アーバン・レジェンド』の定期購読者なんですって」

「初対面？」

俺が聞き返すと、

「そうなんです。愛読している雑誌の編集長に会えるなんて嬉しいわ」

天王寺が小麦色の顔から白い歯を覗かせながら応えた。イタリアンレストランのサイトを思い浮かべる。彼女はあのレストランで岩波を観察するように見つめていた。

「いやあ、本当にくだらない雑誌なんだけど」

珍しく岩波が謙遜したことを言う。

「そんなことないですよぉ。マヤ予言の特集は面白かったですよ。魔女一族の呪《のろ》いが人類を滅亡させるという内容の」

「そう言ってもらえると励みになるわ。あの特集は大コケしちゃったんだけどね」

岩波が弱り顔で声を潜めながら言った。

「文蔵社といえば『月刊マンホール』は好きだったんですよぉ。世界中のマンホールが紹介されているの」

天王寺が言うと岩波の顔がパッと輝いた。

「あれは私のこだわりの企画だったの。分かってくれる人がいて嬉しいわ。自信作だったんだけど思うように売れなくてね。三号で廃刊しちゃった」

マンホールマニアの専門誌なんていかにも文蔵社らしい。

「あれは素晴らしい企画でしたよ。廃刊は残念だったけど、日本人は私たちの生活を支えてくれているマンホールをもっとリスペクトするべきですよ」

天王寺の口調は少し熱が入っていた。

「本当に嬉しいわ。あなたのような人と出会えただけでも今日このパーティーに参加した価値があったというものよ」

「だって私、文蔵社の雑誌が好きなんだもの。売れ筋を無視した企画の数々に孤高すら感じるわ。岩波さんのような編集者が日本のニッチな文化を支えていると思うの」

「私はたとえ売れなくてもあなたのような読者に自分の作った雑誌が届けばいいと思ってここまでやってこれたの。本当にありがとう」

岩波はすっかり感激しているようである。対して天王寺の方は熱っぽい口吻《こうふん》のわりにさほど表情が変わってない。彼女は岩波をおだてて取り入ろうとしているように思える。そもそもレストランにいたのも俺と同じように岩波を尾行していたのではないか。

このパーティーに参加しているのも偶然とは思えない。やはり岩波に接触することが目的ではないのか。

――同業者か？

「せっかくこうやって知り合えたことだし今からお茶でもしませんか」

天王寺が岩波を誘う。相変わらず彼女は写真に天王寺が写っていたことに気づいていないようだ。天王寺自身も知らないのだろう。

「そうね、今日はろくな男がいなかったしお茶でも飲んで帰ろうかしら」

岩波は鼻笑いを漏らすと天王寺と二人でその場を離れていった。

しばらく俺は遠くなっていく天王寺の背中を見つめていた。

＊＊＊＊＊＊＊＊

店の前では二十人ほどの客が行列を作っていた。

俺は彼らの最後尾に並ぶ。時計を見ると午後二時。昼飯時をとうに過ぎているのにこの行列だ。ここは早稲田大学の近くにあるラーメン屋「金箔麺《きんぱくめん》」である。半年ほど前にオープンしたが、その味の良さがクチコミで広がり今では行列が絶えることのない人気店となった。ネットで調べてみると横浜の老舗《しにせ》ラーメン屋で修業した店主がその味にすっぽんのエキスを使うという独自のスープを開発して、ラーメン激戦区でもあるこの土地にオープンした。店の入り口には芸能人や有名スポーツ選手らのサイン色紙が所狭しと並べられている。

俺は三十分ほど待ってカウンター席に通された。目の前ではは げ頭にハチマキを巻いた小太りな店主が大げさなアクションで麵の湯切りをしている。さほど広くない厨《ちゅう》房《ぼう》では彼を含めて六人の従業員たちがせわしなく動いていた。

注文して間もなく運ばれてきたラーメンは噂以上の味だった。これから毎日この店に通ってみようかと思うほどのレベルである。これなら行列が途切れないのも頷ける。

「店長、あの人……」

調理をしていた従業員の一人がテレビを指さした。俺も画面に視線を向ける。

〈今日の午前八時ごろ、K町の倉庫から男性の遺体が発見されました。男性は椅子に縛りつけらた状態で数カ所にわたって刃物のようなもので刺されており失血死したと思われます。警察が調べたところ男性は元警察官の奈良橋桔平《ならはしきっぺい》さん、四十七歳であることが分かりました。遺体の手元にはサイドテーブルに載せられたオセロゲームが置かれており、奈良橋さんは亡くなる寸前まで犯人と対戦していたとみられています

……〉

「おい、智世ちゃんのことを聞き回っていた人だよな」

智世ちゃん……天王寺智世のことだろう。

「あのお客さん、目つきが鋭いと思ったら元警察官だったんですね」

二人は仕事を続けながらもテレビに見入っている。

「それにしてもオセロってなんだよ」

店長は手を動かしたまま言った。殺された男性は縛りつけられたまま犯人とオセロをしていたのか？　その状況がイメージできない。

〈二〇一〇年十一月にも同じような事件が起きており、当時警視庁捜査一課の捜査員だった奈良橋さんはその事件を担当しており、警察は当時の事件との関連性を含めて慎重に捜査していくとのことです〉

「わけの分からない事件だね」

俺は店長に声をかける。彼は微笑んで頷くと仕事に集中した。話を聞きたかったが次から次へと客が入ってくるのでそれ以上声をかけられなかった。

閉店時間間際に俺は再び「金箔麺」を訪れた。昼間食べたラーメンを注文して夕食とする。代金を支払って外に出ると従業員が暖簾《のれん》を下げて「閉店」のプレートを入り口扉にかけた。それから一時間、俺は店の外で時間を潰した。やがて裏口から青年が出てきた。午後にテレビを見ながら店長と話をしていた従業員だ。俺はすかさず近づくと彼を呼び止めた。

「なんですか」

青年は訝しげな顔を向ける。

「ちょっと話を聞きたいんだけどいいかな」

俺が五千円札をヒラヒラさせると青年は表情を緩ませながら、

「別にいいですけど」

と応じた。俺は彼を連れて近くのファミレスに入った。コーヒーを注文して名前を尋ねると石塚《いしづか》と名乗った。俺が探偵であることを明かすと石塚はその瞳に好奇の色を浮かべた。

「実はバイトの天王寺智世さんのことなんだけど」

天王寺のことがどうにも気になってパーティーが終わってから彼女のことを調べた。彼女のバイト先が金箔麵であることはすぐに突き止められた。彼女は半年ほど前からこの店で働いている。そして今日は非番であることも分かっていたので、従業員に話を聞こうとラーメン屋に出向いたのだ。

「今日、君と店長さんの会話をたまたま耳にしたんだ。ほら、奈良橋という名前の元刑事が殺されたっていうニュース。死体のそばにオセロ盤が置いてあったという」

「ああ、あれね。僕から聞いたってことは内緒にしておいてくださいよ」

石塚はテーブルを挟んだ俺に顔を近づけると声を潜めた。

「もちろんだ。情報源を他人に明かさないのが探偵の鉄則だからね」

「実は奈良橋さんはうちの常連客でした。ここ一ヶ月くらい毎日食べに来られてました」

「本当は天王寺さんのことを調べていた？」

「ええ、そうみたいです。僕もいろいろと彼女のことを聞かれましたよ」

「どう応えたんだ？」

「真面目で熱心な女性だと。彼女はうちのレシピを研究していたみたいです。店長の目を盗んでスープを舐めてみたり、食材や調味料なんかもこまめにチェックしてましたからね。ライバル店から送り込まれたスパイじゃないかと思ったこともあります。でも話してみると違いました。彼女は自分の店を開くのが夢なんだそうです。いろんなラーメンを研究して究極のスープを開発するんだと言ってました」

「究極のスープ？」

そんな夢を持つ女性にどうして元刑事が目をつけたのか。またその彼女がなにを目的に岩波に近づいたというのだろう。岩波の弱点を調べるという本来の業務から離れてしまっているが、俺は好奇心を抑えることができなかった。あの女性にはなにかが引っかかる。

「ええ。日本一のラーメン屋を目指すんですって」

「そんな女性のなにをその元刑事は調べていたんだ？」

「さあ……。そこまではちょっと。彼女、なにを考えているのか分からないところはありますけど、トラブルを起こしたりするような女性ではないですね。お笑いが好きみたいですよ。テレビにお笑い芸人が出てくると見入っては作業を中断させちゃうんで、店長に叱られてましたから」

お笑い好きは本人の口から聞いたことだ。それからも天王寺に関する話を聞いたがこれといった情報を得ることができなかった。俺は五千円を手渡して辞去することにした。

＊＊＊＊＊＊＊＊

俺はニュースで伝えていた三年前、二〇一〇年十一月の事件についても調べてみた。

風見社《かざみしゃ》という出版社の若手編集者の惨殺体が東京郊外の閉鎖されたパチンコ店で見つかった。死体は椅子に手足を針金で縛りつけられた状態で明らかに拷問を受けたあとだったという。その前には血まみれのオセロ盤が置かれていた。犯人はまだ捕まってない。たしかに今回の現場の状況と酷似している。

俺は所轄署に勤務する時沢《ときざわ》に連絡を取った。彼は大学時代の友人である。その彼が警視庁捜査一課の刑事である香山《かやま》を紹介してくれた。香山は以前、編集者惨殺事件の際に奈良橋桔平とコンビを組んで捜査に当たっていたという。

喫茶店で待ち合わせた香山は強面のイメージのある捜査員とは真逆の、端正な顔立ちで細身の青年だった。年齢は三十一歳になったばかりだという。俺も自分のプロフィールを簡単に伝えた。

「時沢さんは所轄に勤務していたときの先輩なんですよ」

香山は運ばれてきた紅茶に口をつけながら言った。

「時沢とは大学のサークルが一緒でね。彼はずっと警察官を志望していた。父親も警察官だったし、なにせ正義感の塊みたいな男だったからね」

「正義感の塊ってのは分かります。それがときたま暴走しますけどね」

香山は苦笑いを浮かべながら続けた。

「でも所轄時代は随分と世話になりました。時沢さんには頭が上がりませんよ。それでなにが聞きたいのですか」

彼はテーブルの上で手を組むとさっそく本題に入った。多忙な仕事だけにあまり時間が取れないということだろう。

「殺された奈良橋桔平さんのことです」

奈良橋の名前を出すと香山の表情が一気に強ばった。

「奈良橋さんが警察を辞めたあとは会ってません」

香山の話によれば彼は半年ほど前に警察を辞めている。それは自身の姉と姪《めい》の命を奪った犯人を追うことに専念するためだったという。

「十三年前の女子高遠足バス失踪事件を覚えてますか」

香山の問いかけに首肯する。そのバスは三年前に山中から掘り起こされた。中から生徒たちの白骨が多数出てきて大騒ぎとなった。

「あのバスに奈良橋さんの姪っ子さんが乗っていたんです。しかし十年後に掘り起こされた穴から出てきた白骨は一人分足りなかった。僕たちはそいつが犯人だと考えました」

それが岩波の言う殺戮ガールだ。荒唐無稽な噂ではなくそう推理した刑事が実在したのだ。俺の好奇心はさらに高揚した。

「お笑い芸人ミツミツエリーの噂をご存じですか？」

「え、ええ。ミツミツが連続殺人鬼でバス事件の首謀者だという噂ですね。まさかあれは……」

俺は語尾を震わせた。

「おそらく本当だと思います。あまりに突飛な話なので誰も本気にしませんが、僕たちはずっとスペクターを追ってきました。そう解釈するとすべての説明がつくんです」

岩波の名付けた殺戮ガールのことを彼らはスペクターと呼んでいた。なんでもその女をモデルにした小説が存在していて、スペクターとはそのタイトルらしい。それは原稿すら見つからず本にもならなかった。その小説を書いた人物はスペクター自身の手によって闇に葬られたと、香山は考えているようだ。たしかに突飛すぎる話である。

今回のことがなかったら俺も相手にしなかっただろう。

「そのスペクターを捕まえることはできなかったんですか」

「ギリギリのところで取り逃がしました。スペクターは今もどこかで他人の戸籍を奪ってその人になりすまし、顔も体型も変えて世間に溶け込んで生活しています。そして次のターゲットを探すのです。彼女は他人の身分を乗っ取りながら生きてきた。今も必ずそうしているはずです」

香山は悔しそうに顔を歪めた。ギュッと握った指の関節が白くなっている。

「奈良橋さんはそのスペクターに殺されたと思いますか？」

「まだなんとも言えませんね。模倣犯の可能性もあります。ただ僕はスペクターの犯行だと思っています。自分は刑事人生をかけてやつを追うつもりです。奈良橋さんの弔い合戦だ」

香山の表情に険しさが増す。彼は歯を食いしばるようにして話している。

「あのオセロゲームはなんなんですか」

「おそらく対戦に勝てば、奈良橋さんは命が助かったんじゃないかと思います」

「助かる？　なんのためのゲームなんですか」

「ねじれた異様性の持ち主……それがスペクターなんです。ターゲットの死を運命に委《ゆだ》ねる。過去にはそれで命拾いした人間もいるんです。その意味を考えても無駄なことです。我々常人には到底理解できません」

ターゲットを生かせばスペクター自身が危険に晒《さら》されるはずだ。しかし敢えてそれをしてしまう。どういう神経の持ち主なのだろう。

「そのスペクターってどういう人物なのですか」

「女の夢はお笑い芸人になることでした。都市伝説が本当なら彼女はミツミツエリーの片割れとしてお笑い界のトップに上りつめた。我々追っ手の気配を察知した彼女はせっかく手に入れたステータスをいとも簡単に投げ捨てる。そして次の夢の実現に向かって今ごろどこかで着々と準備を進めているはずです。そのためにいったい何人の人間が犠牲になっていることか。あの女には心がありません。疲れも怖れも知らないし決して諦めない。子供にだって平気で手を掛けます」

「次の夢ってなんですか？」

「これはあくまでも憶測に過ぎませんが……ラーメンです。ミツミツは以前相方のエリーと、お笑い芸人を辞めたらなにをするかという話をしたときラーメン屋になると応えたそうです。日本一の究極のラーメンを作るってね。それを聞いた奈良橋さんは全国のラーメン屋をしらみ潰しに当たると息巻いてました。それがあんなことに……」

「ラーメン⁉」

俺は思わず立ち上がった。店内の客たちの視線が一斉に集まる。

「あ、あの、急用を思い出しました。ちょっと行くところがあるので今日のところはこれで失礼します！」

目を丸くして見上げている香山に向かって頭を下げると、俺はそのまま店を飛び出した。

＊＊＊＊＊＊＊＊＊＊

俺はスマートフォンを取り出して岩波に電話を入れる。しかし呼び出し音は鳴るものの彼女は出ない。胸騒ぎをおぼえた。

「くそ！　なんで出ないんだよ」

東中野の部屋に戻って向かいの文蔵社を覗き込む。中にいるのは陣内トオル一人だけだ。部屋を出るとその足で文蔵社の扉を叩いた。開いたドアの隙間から陣内が顔を覗かせる。かまわずドアノブを一気に引っぱった。

「ちょっとなんですか⁉」

「岩波さんは？」

「今不在ですけど……どちら様ですか」

俺は彼のことを知っているが、先方は分かってない。まさかこの部屋が盗聴・監視されていたなんて夢にも思わないだろう。

「緊急なんです。彼女にどうしても渡さないといけない原稿があって……あの人、締め切りがいつもキツいから」

「そういうことですか。お互い大変ですね。ほんと、いいかげんにしてほしいですよねぇ」

陣内は俺を同業者だと思い込んだようだ。彼の表情には心からの同情の色が浮かんでいる。

「どこに行ったかご存じですか」

「友達に会ってくるとかで三十分ほど前に出かけましたよ」

「友達って？」

「さあ。彼女に友達がいたなんて初耳ですよ。だってあの性格でしょう。友達なんてできるんですかね」

陣内は肩を上げながら苦笑する。

「待ち合わせ場所とか聞いてないですか」

「すみません。そこまでは聞いてなかったです。お急ぎなんですか」

「ええ。夕方までに必着ですから」

「岩波さんの言う必着とは彼女の手元に届くということですからね。それでいてどっかに行っちゃうんだから。ほんと理不尽な女です」

彼は岩波の不在をいいことに吐き捨てるように言った。

文蔵社を辞去するとその足で金箔麵に向かった。昼飯時を過ぎているのに相変わらず行列が伸びている。彼らを押しのけて店内に踏み込む。客や従業員たちの視線が俺に集まった。

「ちょ、ちょっとお客さん、列の後ろに並んで……」

「おい、あんた」

俺は目を尖らせた店長を無視して石塚に声をかけた。

「な、なんですか⁉」

石塚は顔をしかめた。

「天王寺は……天王寺智世はどうした？」

店内を見渡してみるも彼女の姿はない。

「天王寺さんなら昨日、辞めましたよ」

石塚は仕事の手を再び動かしながら応えた。

「辞めた⁉　じゃあ今、どこにいるんだよ」

「そんなことまで知りませんよ。それはそうと他のお客さんの迷惑になりますから！　食事に来たなら列の最後尾に並んでくださいよ」

俺は石塚の言葉を最後まで聞かずに店の外へと飛び出した。

〈彼女は他人の身分を乗っ取りながら生きてきた。今も必ずそうしているはずです〉

香山の言葉が耳朶《じだ》によみがえる。

どうして天王寺があのパーティーに参加していたのか……。

戸籍を奪って他人になりすますのならターゲットは孤独な人間に限る。さらに岩波は仕事を辞めたいような話をしていた。退職後のタイミングですり替わり、遠くの土地に引っ越しでもしてしまえば誰にも疑われない。天王寺智世は岩波美里として生きていける。すり替わりを目論んだのは、奈良橋など天王寺の正体に疑惑を持った人間が出てきたからだろう。彼女はそうやって転々と他人になりすましここまで生きてきたのだ。もちろん名前の本人は殺された。本物の天王寺智世は今ごろ土中深く埋められているのかもしれない。

「どこに行っちゃったんだよ……」

胸騒ぎがさらに大きくなる。そしてフッと思いついた。岩波はパーティーでスマートフォンを持っていた。会社の支給品と言っていた。俺は文蔵社にとんぼ返りすると再び扉を叩いた。陣内が出てきて同じライター仲間だと思い込んでいる俺を快く中に通してくれた。

「岩波さんはつかまりました？」

「いや、まだです。ところで岩波さんのスマホって会社の支給品ですよね」

「正社員はそうみたいですね。僕は出入りのライターだから自前ですけど」

「あのスマホは盗難紛失アプリに対応していたはずです」

「ああ！　なるほど」

陣内はポンと手を打った。

「彼女のパソコンはこれですね」

俺は岩波のデスクトップパソコンのモニタを確認する。画面には「スマホロスト」なるアプリのアイコンが表示されていた。そのアイコンをクリックするとマップが表示された。マップの真ん中で矢印が点滅している。

「まったく便利だけど怖い世の中になりましたね。スマホを持っていると所在まで特定されちゃうんだ」

陣内が両腕をさすりながら言った。たしかに空恐ろしさを感じてしまう。

スマホロストはスマホが盗まれたり、また落としてしまったとき本体に搭載されたGPSを使って位置情報を割り出すアプリである。位置は詳細マップで表示されるので一目瞭然である。

「でも変だな。これだとこの建物内ってことですよ」

地図を確認するとたしかに矢印はこの雑居ビルを指している。つまり彼女のスマートフォンはこの建物内にあるというわけだ。

「部屋のどこかに忘れていったんですかね」

「いや、彼女が出かける際にバッグの中に放り込むところを見てます。そのバッグを持って出かけていきましたからこの部屋にはないはずです」

出かけてから彼女は社には戻ってないという。外に出ているはずなのに建物を指しているのはどういうことだろう。

「電話をかけてみましょうか」

陣内がデスクの上の受話器を上げてプッシュボタンを押した。

「電波は通じてるようなんですが出ませんね」

彼はしばらく受話器を耳に当てていたが首を振った。この部屋の中からスマホの着信音は聞こえてこない。

「ちょっとビルの中を捜してみます」

そう言って廊下に出た。隣も空き物件のようで人気がない。廊下の突き当たりにトイレがある。しかし女性用は電灯が消されており中は真っ暗だ。人の気配もない。廊下を戻ると薄暗い階段があり三階に上がってみた。廊下も部屋やトイレの配置も二階とまったく同じだが電灯が消されているので暗い。三階はすべて空きテナントのようだ。陰鬱とした古い物件だけに借り手がつかないのだろう。

さらに階段を上がる。四階には歯科医院があったはずだ。岩波はそこに通院しているのかもしれない。しかし扉には「休診日」とプレートがかかっている。念のためドアノブを回してみたが鍵がかかっているため動かない。四階は下の階とは構造が違っていて、部屋はこの一つしかない。あとはトイレだ。

三階に降りる。壁スイッチを入れるとジーッと音を立てて天井の蛍光灯が点灯した。

廊下の突き当たりには二階と同じようにトイレが見える。そこまでに二つの部屋が並んでいる。両方とも「テナント募集」のプレートがかかっていた。ヒヤリとする空気が頬を撫でた。

俺は耳を澄ませた。スマートフォンを取り出すと岩波の番号を呼び出した。神経を集中する。音は奥の部屋から聞こえてくるようだ。遠くの方でメロディが聞こえたような気がした。妙な胸騒ぎをおぼえて忍び足で廊下を進んだ。扉に耳を当てるとやはり中から着信音が聞こえてくる。それから間もなくして音は止んだ。俺のスマートフォンの呼び出し音も同時に切れる。やはり岩波のもののようだ。

そっとドアノブを回してみるも鍵がかかっているようで動かない。バッグからピッキングツールを取り出す。一般的な鍵なので一分足らずの作業で開錠することができた。ドアノブを回すとゆっくりと扉を開いた。窓はブラインドで閉め切られているので薄暗い。広さは文蔵社ほどだががらんどうなので広々としている。

部屋の真ん中には椅子とテーブルが置かれている。椅子には女性が背中を向けて座っていた。肩にかかる黒髪が揺れている。俺はゆっくりと女性に近づいた。

「岩波さん！」

彼女はロープで椅子に縛りつけられていた。口にはタオルが巻かれて声が出せないようになっている。彼女はうーうーと唸りながら縛りつけられた体をくねらせる。

「いったいどうなってるんですか⁉」

両足は椅子の前の脚、左手は肘かけに固定されている。しかし右手だけは自由になっていた。彼女の前に置かれたテーブルの上にはオセロ盤が載せられている。白と黒の石が並んでゲームは中盤に差し掛かっている。今のところ黒が優勢である。

そのテーブルを挟んで一脚の椅子が岩波と向き合った状態で置かれていた。テーブルの下には膨らんだ大きめのスポーツバッグが置いてある。

「い、今外します」

彼女を束縛しているロープに手を掛けようとしたときだった。

突然、首筋に電撃が走った。一瞬意識が飛んで俺はその場で崩れ落ちた。すぐに意識が戻ったが体が痺れていうことをきかない。倒れたさいに顔面を床に打ちつけたようで口の中で鉄のような味が広がった。視界の端に白のパンプスを履いた女の足首が見えた。岩波のものではない。彼女に気を取られている隙に背後をとられたのだ。おそらく女は入り口付近に潜んでいた。開いた扉の陰に隠れていた女に気づかなかった。

俺は顔を上げて立ち上がろうとする。女は腰をかがめるが彼女の顔は見えない。女は手に持った黒い箱状の機器を俺の首に押し当てた。

スタンガンだ。

「うぎゃあああ！」

電撃の痛みに息が止まりそうになる。腕の力が抜けて俺は再びその場に崩れ落ちた。顔面を床に打ちつける。

「ちょっとぉ。いいところだったのに邪魔しないでくれる」

女の足首が眼前を通過すると、彼女は椅子に腰掛けた。その状態で三度俺の首にスタンガンを押し当てた。あまりの衝撃に体が痙攣《けいれん》を起こす。しかし気絶はしなかった。映画やドラマと違って実際のスタンガンで気絶することは稀だと里見から聞いたことがある。ただ体が思うように動かなくなる。

「邪魔が入っちゃったけど、続きを始めるわよ」

女は岩波に声をかけている。俺は力をふりしぼって顔を上げた。女の胸元までしか視界が届かない。彼女は花柄のワンピース姿だった。顔は見えないが天王寺の声だ。体型も彼女と一致する。

「いいでしょ、この部屋。広々してて。古い物件だから家賃も安くしてもらえたわ」

天王寺はこの部屋の借り主らしい。もちろんターゲットを拉致するのが目的である。職場と同じ雑居ビルなら女一人でもそれは容易《たやす》い。職場を出てきたターゲットを階段で襲う。おそらくスタンガンを使ったのだろう。岩波も相手が顔見知りだけに警戒しない。動けなくなった彼女をこの部屋まで運ぶ。歯科医院も休診で文蔵社以外は空きテナントだから人目にもつかない。

影の動きから天王寺が岩波の方に身を乗り出したのが分かった。

「私をどうするつもりなの」

岩波の荒くなった息づかいと声が聞こえる。天王寺が口を塞いでいたタオルを取り除いたようだ。

「あなたにはいろいろと聞きたいことがあるの。先日、話していた殺戮ガールの特集よ」

「そ、それがなんなのよ」

「あなたはどこまで把握しているのか、その情報を知っている人全員の名前と居場所を教えてほしいの。編集長なんだからそのくらい知っているでしょ」

「そんなことを知るためにこんなことまでするの。いったいあなたは何者なの」

呼吸が整ってきたのかいつもの岩波の声に戻ってきた。この状況においても相手を見下すような言い様だ。

「理由はその人たちに消えてもらうため。そして私はあなたをもらうわ」

「私をもらう？　なに言ってんのよ。意味が分かんない」

天王寺は床に置いたスポーツバッグを開くと中から便せんとペンを取り出した。彼女が身をかがめたときほんの一瞬だけ顔を確認できた。そして一緒にバッグの中身も垣間見えた。ナイフやノコギリ、ハンマー、ハサミといった凶器が満載になっている。

俺は唾を飲み込んだ。

「ここに辞表を書いてちょうだい。私が社長さんに送っておくから」

頭上でペンと紙を置いて差し出す音が聞こえた。

「人を縛りつけてオセロさせたり辞表を書かせようとしたり、なんなのよ」

岩波は鼻を鳴らす。

「い、岩波さん……」

俺は力をふりしぼって声をあげた。

「なによ。あなたも肝心なところで役立たずな人ね」

「その女が……殺戮ガールです」

体の痺れが取れない。語尾がかすれてしまった。

「ああ、なるほど。そういうこと」

岩波が納得したように指を鳴らした。

「殺戮ガールは近づいてくる人間を片っ端から闇に葬っていくと聞いていたけど本当だったのね。それにしてもこのオセロはなんなの」

「余計なことを考えないでゲームに集中した方がいいわ。四隅のうちの二つは私が取っているのよ」

天王寺の方は歌うような口調だ。どうやら彼女が黒石で優勢らしい。

「私は編集長よ。だからあなたに興味があるの」

「そういえば『アーバン・レジェンド』の死神特集。あんな殺し屋が本当に存在するの。信じられないいんだけど」

天王寺が言った。俺はその記事を読んでないので殺し屋のことを知らないが、『アーバン・レジェンド』は胡散臭い記事が満載だ。

「殺戮ガールが実在するんだから、死神くらいいたっておかしくないでしょ」

岩波が鼻を鳴らす。天王寺を怖れている様子は窺えない。

「殺戮ガールって……その呼び方なんとかならないかな」

天王寺が不満げに言う。

刑事たちはスペクターと呼んでいた。

「天王寺智世は本名じゃないわね。あなたは今までにも多くの人の命を奪ってきたでしょう。どうしてそんなことをするの？」

「これはインタビューのつもり？」

「ええ。もっとも本来は陣内くんの仕事なんだけど。こんな近くにいるのに存在にも気づかないなんてやっぱりダメね」

岩波の影が動く。パタンパタンとオセロの石がめくられる音がした。天王寺の舌打ちが聞こえた。

「あなた、本当はミツエリーのミツミツさんよね」

「ふん。それはもう達成したわ」

「それはお笑い芸人？」

「夢を叶えるためよ」


彼女はなにも応えなかった。

ミツミツは色白の大女だった。口の悪い芸人は彼女のことを百貫デブと呼んで弄《いじ》ったが、実際の彼女はそれを上回る巨体だった。しかし天王寺は細身でどちらかといえばスタイルが良い。肌は小麦色にやけている。今の彼女を見てあのミツミツだとは誰も思わないだろう。ここまで体型や見た目を変えてしまうのは執念を超える凄まじさを感じる。

「ラ、ラーメン屋だろ……」

俺は声をかすらせた。天王寺に鼻先を蹴飛ばされた。あまりの痛みに目の前が真っ暗になる。

「本当に？　今度はラーメン屋さんなの？」

岩波は石をめくりながら彼女に尋ねる。

「それも通過点に過ぎない。私にはもっともっと大きい夢がある」

「聞いてもいいかしら」

天王寺は咳払いを一つした。そしてもったいぶった口調で、

「世界平和よ」

と応えた。

ププププッ！

しばらくの間が空いてから岩波が噴き出した。俺も鼻を押さえながら思わず笑いがこぼれる。それから二人して声を上げて笑った。

「な、なにがおかしいのよっ！」

天王寺が立ち上がる。

「殺戮ガールが世界平和⁉　傑作だわ」

岩波は高らかに笑う。俺も笑いを止めることができなかった。

「笑いたければ笑うがいいわ。どうせあなたたちの命は風前の灯火《ともしび》なんだし。そうだ、鬱陶しいから彼には先に死んでもらおうかな」

天王寺は俺を指さして言った。

「死んでもらうって死体はどうすんのよ」

これから殺されるという物騒なやりとりなのに岩波は至って冷静だ。怖れている様子は窺えない。この女は恐怖に鈍感なのか。そもそも人間的な感情を持っているのか。

「お二人の死体はバラバラにして処分するわ。この部屋も来週までレンタルしてある

から時間は充分にある」

「バラバラにするって大変じゃないの」

「そういうの、もう慣れっこだから。というわけで……」

天王寺はスポーツバッグからなにやら道具を取り出した。

フライパンだ。彼女は両手で柄を握って持ち上げた。少し大きめである。

「知ってる？　このフライパン。重くて頑丈だから凶器にはすごくいいの。これで三人くらいやったかな。なにかと重宝してるわ」

立ち上がった天王寺の爪先が俺の方に向いた。壁に浮かんだ女の影はフライパンを振り上げている。

「ちょ、ちょ、ちょっと……」

逃げようにも体が痺れていうことをきかない。恐怖で叫び声も出ない。

「そのフライパン、私も持ってるわ。フランス製よね。でもちょっと高すぎない？」

「高いだけあって一度使うと手放せないわ」

これから殺されるというのに暢気なやりとりだ。

「せめて一発で楽にしてあげて。苦しまないように」

岩波らしくない優しい言葉を聞いて間もなく、天王寺の黒い影が大きく動いた。

頭が爆ぜるような衝撃と同時に目の前が闇になった。

＊＊＊＊＊＊＊＊

最初に目に入ったのはぼんやりとしたベージュ色だった。それが徐々に鮮明さを増してくるとその色がところどころに広がるシミであることが分かった。

色褪せた天井だ。天井に縞《しま》模様の影が見えるのは窓のブラインドである。

「あ、意識が戻ったみたいですよ」

男が顔を覗き込んで言った。見たことがある顔だが思い出そうとすると、頭が錐《きり》をさし込んだようにズキリと痛む。

ここはどこだ？

頭を振りながら上半身を起こすと、周囲はがらんどうの広い部屋だった。どうしてこんな部屋のそれも床の上で寝込んでいたのだろう。痛みを覚えて頭を触ると包帯が巻いてあった。

それで一気に記憶が戻ってきた。自分は天王寺にフライパンで殴り殺されたのだ。

そして顔を覗き込んだ男性は陣内だ。

「助けに来てくれたのかと思ったけど王子様にはほど遠いわね」

岩波が腕を組みながら呆れたような顔で俺を見下ろしていた。

生きている？　そもそもここは天国でも地獄でもない。小汚い雑居ビルの中だ。

「殺戮ガールは？　どうやってあの状況から？」

頭の中に無数のクエスチョンマークが浮かび上がる。そのたびに疼いた。

「私も訳が分かんないわ」

岩波はそのときの状況を説明した。天王寺は刃物を突きつけながら今回の取材に関わった人物の名前を問い質した。全身を固定されて動けない岩波は言うことを聞くしかなかった。名前をすべて告げるとオセロゲームの続きを再開した。これが人生最後の遊戯となる、岩波はそう観念したそうだ。しかし彼女が最後の一枚を盤に置くと天王寺が頭を抱えながら立ち上がった。明らかに動揺した様子だったという。

「いったい彼女はどうしたんです」

「どうしたもこうしたも、私はゲームに勝っただけよ。そうしたらあの子、急におかしくなったわ」

天王寺は爪を噛みながらしばらくの間、部屋の中をせわしくなく歩き回った。やがて岩波に顔を近づけると悔しさに満ちた表情で、

「命拾いしたわね！」

と吐き捨ててそのまま部屋を出て行ったという。

「たかだかオセロゲームに負けたくらいでなんなのよ」

岩波は首を傾げながら鼻で笑った。オセロ盤を見ると一枚の差で白の勝利だ。ちなみに岩波は日本オセロ協会に所属する有段者だという。

俺にはその理由が分かっていた。彼女が生き長らえたのはオセロで勝ったからだ。もし負けていたらあの刑事と同じように惨殺されていただろう。まさに芸は身を助けるである。スポーツバッグの中には考えただけでぞっとするような凶器の数々が詰め込まれていた。ましてや天王寺は岩波の身分を乗っ取ろうとしていたのだ。辞表を社長に送りつけて蒸発したという筋書きなのだろう。次のターゲットが見つかるまでここから離れた土地で岩波の名前で生活する。もし藤森和美が訪ねてこようものなら、きっと彼女も殺されるに違いない。

たった一枚の差が岩波の生死を分けた。いったいあのオセロゲームはなんだったのだろう。岩波を生かしておけばあの女自身が危なくなる。

刑事の香山が言っていた。

――ねじれた異様性の持ち主……それがスペクターなんです。

詳細を知らない彼女は愉快そうに笑う。

「あなたも運がいいわね。当たり所が良かったのよ。さすがに死んじゃったかと思ったわ。あのフライパンはたしかに頑丈だからね」

「岩波さん、その女、本当に殺戮ガールだったんですかぁ。まだ信じられないんですけど」

陣内の方は半信半疑だ。その表情に緊張感が窺えない。

あれから俺が戻ってこないことを不審に思った陣内は俺のことを捜しに部屋を出た。そして椅子に縛りつけられた状態でもがいている岩波と床に転がる俺を見つけたという。そのときすでに天王寺は去った後だった。

「正真正銘の本物よ。今回は私がいくつかインタビューを取ったからね。それにしても相変わらず役立たずなライターね、あなたは」

「そ、そんなこと言ったって……。まさか都市伝説の女が部屋の真上にいたなんて夢にも思いませんよ」

陣内は相変わらずの弱り顔だ。彼もそこそこのイケメンだが、彼女の前で発露するヘタれぶりが男としての魅力を半減させている。そんな彼を救ってやりたいというクライアントの気持ちも分からないではない。

「ビックリするくらい面白い企画がスタートするからそれで名誉挽回《ばんかい》しなさい」

「ま、またなにをやってくれたんですか⁉」

良からぬ予感を察したのだろう。彼の表情に陰りが広がった。

「あの女に言っておいた。あなたとミヤモトさんが殺戮ガールの秘密のすべてを握っているとね。今度はあなたたちをロックオンするつもりよ。次の企画が決まったわ。本誌ライターと殺戮ガールの直接対決！　今度こそ映画化決定よ」

岩波が勝手に盛り上がり、陣内がため息をつく。

「またそのパターンですかぁ。勘弁してくださいよ。それにミヤモトさんじゃなくて本宮さん！」

「その彼がついているんだから大丈夫でしょ。ジェノサイドの限りを尽くした女との一騎打ち！　面白い記事になりそうね。売り上げ倍増期待してるから」

「は、はぁ……」

「締め切りは来週まで。ちゃんと決着つけて来なさいよ」

「マ、マジすか……」

岩波は彼の肩をポンと叩くと部屋を出て行った。つい先ほどまで絶体絶命の危険に晒されていた女とは思えない。

俺の頭の中で報告書の結果がまとまった。

〈岩波美里：弱点なし〉

この一言で充分だ。

不条理で理不尽。岩波美里こそ殺戮ガールだ。

陣内と目が合う。思考が通じたのか、彼は大きく大きく頷いた。

〈初出〉

「死亡フラグが立ちましたのずっと前」
・『このミステリーがすごい！』大賞作家書き下ろしBOOK　vol.2（二〇一三年九月）

「死亡フラグが立つ前に」
・別冊宝島一七四九『このミステリーがすごい！』大賞作家書き下ろし　オール・ミステリー（二〇一一年五月）

「キルキルカンパニー」
・『このミステリーがすごい！』大賞作家書き下ろしBOOK（二〇一二年八月）

「ドS編集長のただならぬ婚活」
・『このミステリーがすごい！』大賞作家書き下ろしBOOK　vol.3（二〇一三年十月）

この物語はフィクションです。もし同一の名称があった場合も、実在する人物、団体等とは一切関係ありません。

宝島社
文庫

死亡フラグが立つ前に
（しぼうふらぐがたつまえに）

2013年12月19日　第1刷発行

著　者　七尾与史
発行人　蓮見清一
発行所　株式会社 宝島社
〒102-8388　東京都千代田区一番町25番地
電話：営業 03(3234)4621／編集 03(3239)0599
http://tkj.jp
振替：00170-1-170829（株）宝島社
印刷・製本　中央精版印刷株式会社

ISBN 978-4-8002-2026-4